그대여! 보지 못했는가?

이백 시 33수의 해설집

차동영 지음

君不見

황하의 물이
하늘에서 내려옴을 ……

청어

그대여! 보지 못했는가?

차동영 지음

발행처·도서출판 **청어**
발행인·이영철
영 업·이동호
홍 보·최윤영
기 획·천성래 | 이용희
편 집·방세화 | 원신연
디자인·김바라 | 서경아
제작부장·공병한
인 쇄·두리터

등 록·1999년 5월 3일
(제321-3210000251001999000063호)

1판 1쇄 인쇄·2017년 3월 25일
1판 1쇄 발행·2017년 4월 1일

주소·서울특별시 서초구 효령로55길 45-8
대표전화·586-0477
팩시밀리·586-0478

홈페이지·www.chungeobook.com
E-mail ppi20@hanmail.net
ISBN·979-11-5860-467-7(03820)

이 도서의 국립중앙도서관 출판시도서목록(CIP)은 서지정보유통지원시스템 홈페이지
(http://seoji.nl.go.kr)와 국가자료공동목록시스템(http://www.nl.go.kr/kolisnet)에서
이용하실 수 있습니다.(CIP제어번호: CIP2017001729)

그대여!
보지 못했는가?

―황하의 물이 하늘에서 내려옴을……

이백 시 33수 소개의 변(辯)

이번에 당시, 그 중에서 시선 이백의 시 33편을 책으로 묶어 소개하고자 붓을 들었다. 이 책은 애초부터 학문적인 접근이 목적은 아니었다. 대중이 당시를 쉽게 접근하게 하고자 하는 의도에서부터 비롯됐는데 시작이 순탄치는 않았다. 대중을 위함이 과연 어디까지일지 판단이 서지 않았기 때문이다.

최근 한국사회는 매우 어렵고 갈수록 궁핍해지는 상황에 처해있는 듯하다. 국내외 경기는 극도의 침체기에서 헤어나질 못하고 있고 더구나 국정농단 사건으로 대통령이 이미 탄핵이 되었는데 내적인 문제는 우리 국민들의 저력으로 시간이 지나면 얼마든지 극복할 수 있다고 본다. 하지만 외적인 문제는 미국과 중국 양국 간에 샌드위치로 끼어있어 좀처럼 풀기가 힘든 지경이다. 현실적으로 국방은 미국과, 경제는 중국과의 상호 의존성이 깊은 관계로 양자선택의 기로에 놓여 있다. 특히 중국의 압력이 거세지고 있는 형국이다.

한·중 간 외교문제는 정부의 몫이라 할 수 있지만 이럴 때일수록 양 국민 간의 상호 이해와 신뢰가 바탕이 되는 문화 및 인적 교류는 지속되어야 한다고 생각한다. 그러기 위해서는 서로 간에 자존심을 세워주면서 존중하는 태도가 선행돼야 한다. 필자는 그런 관점을 이 저서의 출발점으로 삼았다.

중화 문화가 자랑으로 여기는 것은 크게 두 가지로 요약될 수 있다. 하나는 중국의 요리로, 중국요리는 서양의 프랑스 요리와 더불어 세계 요리계의 양대 산맥을 이룰 정도다. 또 하나는 중국의 시를 꼽을 수가 있다. 그 중에서 가장 으뜸으로 꼽고 있는 것은 동양문학사의 중심인 한자의 본고장인 중국에서 『시경(詩經)』이래 이어져 내려온 당시다. 당시는 중국인들의 자부심이자 자존심이다.

거기에서도 가장 찬란한 꽃을 피운 당나라 시인 이백의 시를 소개함으로써 시가의 진수를 알리고자 했다. 그와 더불어 떠오르는, 아니 실질적으로 지구촌에서 그 영향력이 점차 거대화될 중국 문화 및 중국에 대해 정보를 구하는 이 시대의 젊은이들과 중장년층의 당시에 관심이 많은 이들에게 이 저서가 도움이 되기를 바라는 마음에서 집필에 들어갔다. 마침 중국 사천성에서 관광 관련 공직에서 근무하며 당시 300수를 배울 기회가 있어 3년간 독파한 것이 인연이 되어 용기를 낼 수가 있었다.

현재 하루 벌어 하루 먹고 사는 기층민 사람들은 물론이고 심지어 중산층이라 불리는 샐러리맨, 즉 월급 받아먹고 사는 사람들조차도 참 재미가 없는 삶을 살아가고 있다. 대한민국의 현실이 암울하기만 한 걸까. 2017년 신년이 되어서도 과연 이런 희망의 빛을 찾을 수 없을 만큼 특히나 시국은 뒤숭숭하기만 하다. 오늘날과 같은 갈등과 반목의 시대에 환경이 갈수록 오염되는 만큼 인간도 자꾸만 비인간화로 황폐해가는 현실에서 인간성 회복을 바라는 마음은 더더욱 요원하기만 한 걸까. 필자의 바람은 이러한 사람들에게 하루를 살더라도 잠시나마 여유와 멋을 향유할 수 있도록 희망의 메시지를 전달하고 싶었다. 부디 이 책을 읽고 잠시나마 달빛과 더불어 술 한잔 기울일 수 있는 여유가 생기기를 바랄 뿐이다.

누군가는 상상은 틀림없이 이루어진다고 말한다. 어느 순간 현실 속에서 가려진 상상이 실제로 나타나게 된다고, 그러니 계속해서 혹은 끊임없이 꿈을 꾸라고 말하기도 한다. 현대에 살고 있는 우리들이 이백처럼 풍부한 상상력과 낙천적인 마음으로 살아간다면 얼마나 여유 있는 삶을 이어갈 수 있을까. 단 하루를 살더라도 따뜻한 심성을 갖고 인간답게 살기 위해서 우리들에게, 현대 문명의 이기를 이겨내고 살아가는 대한민국 국민들에게 어떻게 본 저서의 당시를 쉽게 이해하고 즐기고 받아들이도록 어필할 수 있을까 고민하게 됐다.

번역은 창작이라는 말이 있다. 옳은 말이다. 세계적인 명곡 〈베토벤 9번 교향곡〉은 베토벤이 작곡을 했지만 누가 연주하느냐에 따라 그 곡은 완전히 달라진다. 세계적인 피아니스트 백건우 선생이 연주하는 것과 대학교 피아노학과 2학년 학생이 연주하는 것은 근본적으로 다르다. 번역도 마찬가지라고 생각한다. 시는 이백이 1,500년 전에 썼지만 현대에 누가 번역하느냐에 따라서 완전히 의미가 달라지기 때문이다. 만약 독자 여러분께서 다른 의견이 있더라도 옛날 시의 번역이란 워낙 주관적 자아의 견지에서 이뤄지고 또 감상하는 사람에 따라 엄청나게 다른 인상의 차이를 가져오게 된다는 것을 널리 이해해주기를 바란다.

프롤로그

당시의 꽃 이백의 시 세계 오디세이

동양문화예술사의 모태는 한문이다. 한문은 중국인이 창조해 낸 고유문화다. 동양문화예술은 한문이 낳은 인류문화예술의 아름다운 꽃이다. 그 중심에 시경(詩境)이 있다. 중국문화예술사 중 시경을 가장 찬란하게 꽃피운 나라는 당나라다. 당나라는 시의 나라라고 일컬을 정도로 세기적인 시인들이 출현했다. 시선·적선·주선·시협 등으로 불리는 이백, 시성·시사로 불리는 두보, 시불·인선으로 회자되는 왕유, 그리고 시귀로까지 불리는 이하를 당시의 사걸이라 부른다. 이외에도 시호 유우석, 시승 교연, 맹교 등 시로 시작되는 별칭을 가진 시인 외에도 손가락으로 셀 수 없을 정도로 많다.

당나라와 친교를 맺은 신라에선 소위 3최로 유명한 최치원, 최승우, 최연위 등이 그들이다. 최승우와 최연위는 당나라 빈

공과에 합격했으며 최치원 역시 빈공과에서 실력을 발휘하며 시의 나라 당에서도 인정받은 인재가 됐다. 하지만 정작 고국인 신라에 와서는 귀족이 아니라는 신분의 벽을 넘지 못하여 인물에 비해 큰 활동을 하지 못했다. 당나라의 사걸로 일컫는 이백, 두보, 왕유, 이하 역시 실력에 비해 사회 활동은 낮은 계층에서 하는 등 이방인으로 삶을 마치는 불운한 역경에서 절창(絕唱) 의 시들을 창작했다. 그들의 시는 중국문화예술사의 황금시대를 열어 불우했던 삶의 에너지가 시로 탄생해 역사에 영원히 살고 있는 것이다.

필자는 대학에서 중국학을 전공했다. 전공 덕으로 중국에서 10여 년 이상 직장생활을 하게 됐다. 한문의 나라에서 사회 활동을 하다 보니 자연스럽게 시를 접하게 됐으며 그 중에서도 이백의 시에 빠지게 됐다. 이백은 우리나라에서도 친숙한 이름이다.

달아 달아 밝은 달아 / 이태백이 놀던 달아

저기 저기 저 달 속에 / 계수나무 박혔으니

옥 도끼로 찍어내어 / 금도끼로 다듬어서

초가삼간 집을 짓고 / 양친 부모 모셔다가

중국은 유교의 본 고장이기도 하다. 성리학이 탄생해 고려를 거쳐 조선에 와서 퇴계 이황과 율곡 이이에 이르러 꽃을 피웠다. 소위 조선 성리학이 그것이다. 이처럼 대륙에서 발원한 문화와 예술은 삼천리 금수강산의 조선에 들어오면서 심화되어 새로운 경지로 발전하고 진화했다. 성리학과 문자가 대표적이다. 중국의 실제 사용 한자는 3,500~4,000자로 추정되고 있으나 1986년 한어대자전(漢語大字典) 집계엔 무려 91,019자로 나타났다. 5,000년 역사에서 끝없이 발전 및 진화한 것이다.

중국엔 남성 시인이 참으로 많다. 국토가 광대하고 인구도 세계에서 가장 많은 나라여서 뛰어난 인재들도 상대적으로 많이 배출됐다. 남성 시인 뿐만이 아니라 여류 시인도 상당수 등장했다. 매비와 설도, 이청조를 꼽을 수 있다. 이에 조선에선 황진이와 허난설헌 그리고 이옥봉을 데뷔시키려 한다. 매비, 설도, 이청도도 당시 여타 여인들이 넘볼 수 없는 위치에서 활동을 했다. 조선의 황진이, 허난설헌, 이옥봉도 그러했다. 허난설헌과 이옥봉의 시는 중국에서 먼저 출판이 되어 역수입하는 아이러니한 현상이 벌어지기도 했다. 시의 나라답게 천재 여류들을 본 국보다 먼저 알아보고 극찬을 아끼지 않았다.

필자가 당시 중에서도 이백의 시에 매료된 것은 그의 호방하면서도 거침이 없는 필치 때문이다. 한국에선 도올 김용옥을 견줄 수 있지 않을까? 도올의 무불통지(無不通知)의 학문 세계와 막힘없는 자기표현이 이백의 기질과 흡사하니 크게 다르지 않을 것이다. 그동안 뜨겁고 차가운 세파에 달구어진 가시나무새의 노래처럼 어눌하지만 부드러운 용기로 붓을 들었다. 잘 부르는 노래는 아니지만 한 번은 불러봐야 가슴 속 깊이 웅크리고 있었던 아리랑이 우렁차게 불릴 것이다.

중국 개관

당시를 들여다보기 전에 시대적인 배경이 되는 중국과 당나라, 그리고 이백에 대한 정보가 필요하다. 실제 우리들이 알고 있는 중국의 개관은 뻔한 것 같지만 때론 놀랍기도 하고 경이로운 부분들이 많기 때문인데, 이 책이 중국이라는 국가에 대한

문화 및 다양한 분야에 대한 동기 부여로 작용하기를 바란다. 중국 개관에 이어 당나라를, 그리고 이백에 대해 살펴보겠다.

　세계 최대의 인구, 광대한 국토를 지닌 중국의 정식 명칭은 중화인민공화국(People's Republic of China)이다. 국토는 남북 5,500km, 동서로 우수리강과 헤이룽강의 합류점에서부터 파미르 고원까지 5,200km에 달한다. 북동쪽으로는 한반도와 러시아연방이, 서쪽으로는 카자흐스탄·키르기스스탄·타지키스탄·아프가니스탄이, 남서쪽으로는 인도·파키스탄·네팔·부탄, 남쪽으로는 미얀마·베트남·라오스, 북쪽으로는 몽골·러시아연방과 각각 국경을 이루고 있다. 행정구역은 간쑤·광둥·구이저우·랴오닝·산둥·산시(山西)·산시(陝西)·쓰촨·안후이·윈난·장시·장쑤·저장·지린·칭하이·푸젠·하이난·허난·허베이·헤이룽장·후난·후베이·타이완 등 23개 성과 광시장족·네이멍구·닝샤후이족·시짱(티베트)·신장웨이우얼 등 5개 자치구, 베이징·상하이·충칭·톈진 등 4개 직할시, 마카오·홍콩 등 2개 특별행정구로 이뤄져 있는데 실질적으로 타이완과는 국가적인 면에서 우호적이기도 때론 적대적이기도 하지만 크게 보면 한 울타리 안에 있다고 볼 수도 있다.

중국인들은 자신들을 문화 민족이라고 생각하고 있으며 자신들의 문화가 유일한 것으로 여기는 중화사상의 요체가 여기에 근거한다. 역사적으로 이들 중국은 주위의 민족을 오랑캐로 생각하여 동이(東夷), 서융(西戎), 남만(南蠻), 북적(北狄)으로 부르며 멸시 하였다. 이로 인해 체면을 존중하고 강한 자존의식을 갖춘 민족성이 생겼다고 추측된다. 또한 중국인들은 현실 또는 실속에 매우 발 빠른 민족으로 평가되는데 실제 이들 중국인들에게 모든 사물의 판단 준거는 현실적 유용성이다. 현대 문명에 들어선 중국의 개방 및 개혁의 과정에서 나타난 바와 같이 이익이 된다면 그들의 정체성인 사회주의 이념도 희생될 수 있음을 증명해 보였다.

중국의 민족은 최대 민족인 한족과 55개 소수민족으로 구성되어 있다. 전 인구의 92%를 차지하는 한족은 독자적 문화를 창조하며 한족 외의 민족을 동화시켜왔으나 소수민족은 지금까지도 민족 고유의 전통을 고수해오고 있는 것으로 드러났다. 중국은 공산혁명 이후에도 소수민족의 전통에 대한 보호책으로 자치구나 자치주를 설정해 각 민족의 고유성을 인정하는 정책을 고수해왔는데, 이러한 정책은 또 한편으로는 이들 민족을 일정한 지역에 한정시킴으로써 한족의 지배권을 공고히 한다는 양자의 성격을 지녔다. 소수민족들은 지역적으로 일정한 분포 양상을 보이는데 대표적인 소수민족으로서는 쫭족·만족·후이족·먀오족·위구르족·이족·투자족·몽골족 등이 있고 한민족인 조선족은 약 192만 명으로 14번째로 많은 것으로 나타났는데 소수민족의 2.6%를 차지하고 있는 것으로 기록된다. 주로 둥베이 3성인 지린성·헤이룽장성·랴오닝성 등에 분포한다.

당나라 개관

618년 이연이 건국해 907년 애제 때 후량 주전충에게 멸망하기까지 290년간 20대의 황제에 의해 통치됐다. 중국의 통일제국으로는 한나라에 이어 제2의 최성기를 이뤄 당에서 발달한 문물 및 정비된 제도는 한국을 비롯하여 동아시아 여러 나라에 크게 영향을 끼쳤으며 그 주변 민족이 정치·문화적으로 성장하는 데 크게 기여한 것으로 나타났다.

특히 한국의 경우 삼국체제(고구려·백제·신라)가 붕괴되고 정치세력 판도가 크게 바뀌는 데 결정적인 역할을 한 것으로 기록된다. 그러나 중기 안녹산의 난 이후 이민족의 세력이 왕성해지고 국내 지배체제의 모순이 드러나 중앙집권체제의 동요는 물론 사회 및 경제적으로도 불안이 가중되어 쇠퇴의 길을 밟은 나라가 당나라다.

당의 문화

당대의 유학에서는 공영달이 태종의 명을 받아 고전에 관한 주석을 정리·종합해서『오경정의(五經正義)』를 편찬하였다. 역사에 있어서도『주서(周書)』,『북제서(北齊書)』,『양서(梁書)』,『진서(陳書)』,『수서(隋書)』,『진서(晉書)』및『남북사(南北史)』와 같은 전대(前代)의 왕조사가 편찬되었다. 중기에 이르러 유학의 독자성을 고양하고 여기에 불교 종파 중 선종의 학설을 도입한 한유·이고의 고문운동(古文運動)은 후대의 송학을 앞지르는 선구적인 사상을 내포한 것이었다.

당대의 문학은 귀족문학으로서 시·문 모두 현저한 발전을 이루었으며, 문학사에서는 초당(初唐: 국초에서 예종까지 약 100년간)·성당(盛唐: 현종~숙종 50년간)·중당(中唐: 대종~문종 60년간)·만당

(晚唐:문종~당나라 말 80년간)의 4기로 나누고 있다. 문장에 있어서는 중당기에 한유 · 유종원이 출현, 고문(古文)을 부흥하여 종전에 형식미만을 추구하였던 변려체를 배제하자는 고문운동이 일어났으며, 『유선굴(遊仙窟)』, 『회진기(會眞記)』, 『이혼기(離魂記)』, 『이왜전(李娃傳)』 등 문어체 소설이 나타나 문장의 묘미를 보여주었다.

특히 관리를 임용하는 선거에서 시 짓기를 중요시하였기 때문에 시는 공전절후(空前絶後) 의 성황을 이루어 5언 및 7언의 절구와 율시의 형식이 완성되어 성당기에 이백 · 두보의 2대 시성을 비롯하여 시화일치의 묘미를 보여준 왕유, 전원과 자연을 읊은 맹호연, 정로이별을 읊은 고적 · 왕창령 등이 나오고, 중당기에는 백거이 · 원진, 만당기에는 두목 · 이상은 · 온정균이 나왔다. 산문 분야에서는 수나라 때의 괴기전설을 원류로 하는 전기 소설이 많이 나왔다.

음악분야에서는 한나라 이래의 아악(雅樂: 궁중음악) · 속악(俗樂: 민간음악) 및 호악(胡樂: 서역음악)이 정착되고 특히 호악이 번성하였으나 말기에 가서는 서역과의 교류가 끊기면서 호악도 쇠퇴하였다. 또한 음악 연주도 궁중에서 민간으로 옮겨가는 경향이 있어 신속악조(新俗樂調)라고 하는 음악이 흥성하였다. 서화 · 조각 등의 미술에 있어서도 수나라의 전통을 이어 발전시켰으나, 중기 이후 크게 변모한 면도 있다.

종교에서는 특히 불교가 발전하여 수나라 이래의 천태종과 화엄종이 종래의 여러 교의를 집대성하고, 현장 법사는 인도에서 가지고 온 방대한 경전의 번역 사업을 일으켜 법상종을 확립하였으며, 당과 인도 사이에 승려의 교류도 활발하였다. 불교 교리의 연구가 진전됨에 따라 천태·화엄·법상 외에 지론·섭론·구사·성실·삼론·진언·삼계 등 다수의 종파가 분립하여 황실과 귀족의 호응을 얻어 불교는 전성기를 맞았다. 이 밖에 정토교와 선종이 개종되어, 특히 선종은 말기에 다른 종파가 모두 쇠퇴된 뒤에도 홀로 번영하여 중국 불교로 완성되었고 송학에도 다대한 영향을 주었다.

한편 도교는 노자의 성(姓)이 황실과 같은 이씨(李氏)였던 관계로 황실의 호응을 크게 얻어 현종은 『도덕경(道德經)』을 집집마다 비치하게 할 정도였다. 이 밖에 동서 간의 교통이 발달함에 따라 페르시아의 조로아스터교·마니교, 아랍의 이슬람교, 그리스도교의 일파인 경교(景敎: 네스토리우스派) 등의 외래 종교도 들어와 이들의 사원이 여러 곳에 세워졌다.

당시

당나라 때는 중국 서정시의 최전성기였고 그 시는 중국문학 뿐 아니라 인류의 문학에도 위대한 유산으로 지금까지 전해지고 있다. 당시의 원류를 이루는 것은 위·진 이후 귀족사회에서 발달되어 온 육조(六朝)의 시지만 그것이 이 시대에 원숙한 예술로서 결실을 보게 된 밑바닥에는 일어서기 시작한 상공업자·농민의 군센 생활 및 결집력은 물론 이민족과의 접촉으로 인한 세계의 확대가 있었다.

육조의 시가 인간을 불안정한 것으로 보고 인생의 절망을 주로 노래한 데 대해 당나라의 시인들이 이 절망을 극복하고 적극적인 인생 태도를 시의 골격으로 삼은 것은 시대의 흐름과 관계가 있을 것으로 추정되고 있다.

당시는 일반적으로 초당·성당·중당·만당의 네 시기로 구분할 수 있다. 초당의 대표적 시인으로는 사걸로 불린 왕발·양형·노조린·낙빈왕을 들 수 있다. 이 시기의 시는 외형의 미를 다루는 남조시풍(南朝詩風)의 계승 면이 강하고 시의 운율을 다듬어 근체시의 시형을 완성시켜 다음 대의 성운(盛運)에 앞장선 공적이 매우 크다.

성당, 즉 시문학이 융성한 때는 현종의 치세에 해당되며 당의 국력이 최고에 달한 시기였는데 이 시기는 대시인이 속출한 문학의 최성기이다. 대표적 시인으로서는 이 시기 전반에 활약한 이백과 후반에 활약한 두보를 들 수 있다.

이백은 이 시기 전반의 화려한 세태를 반영해 낙천적이고 호방한 기풍을 노래하는 시를 특색으로 하고 초당의 진자앙의 주장을 이어받아 한위문학(韓魏文學)의 기골을 부흥시키는 데 성공한 것으로 평가받아왔다.

또 두보는 전란에 휩쓸린 후반의 어두운 세태를 반영하여 날카로운 우수의 노래를 특색으로 했으며 장편의 고시(古詩)에서는 민중을 대신하여 세상의 부조리에 대한 항의의 노래를 지었고 율시에서는 세밀한 감정을 정밀한 시의 틀 안에 주입시켜 이 시 형식의 실질적인 완성자가 됐다. 그 밖에도 이름난 시인으로 맹호연·왕유·고적·잠삼·왕창령·왕지환 등을 들 수 있다.

중당의 시인으로는 한유와 백거이를 들 수 있다. 한유는 기험·호방하다는 장대한 미를 사랑했고, 백거이는 평이하고 찬찬한 표현으로 「장한가(長恨歌)」,「비파행(琵琶行)」 등의 작품을 남겼으며 신악부(新樂府)라고 하는 사회시를 창시해 당대를 통해

최다수의 독자를 얻었다. 이 외에 유종원·이하가 있다.

만당을 대표하는 시인으로는 이상은·두목·온정균을 들 수 있는데 일반적으로 이 시기의 시는 감상적·퇴폐적인 경향을 지니고 있다. 당나라의 모든 시인들의 전 작품을 수록한 것은 청나라때 강희제의 칙명으로 편찬된 『전당시(全唐詩)』(900권)인데 거기에는 대강 2,200명의 시 48,000여 수가 실려있다.

이태백

이미 성인이 된, 혹은 현재 학창생활을 하는 젊은이들의 대부분은 한 번쯤은 들어봤을 이름이다. 때론 우리나라의 대표적인 시인 정도로 잘못 이해하고 있을 수도 있을 이태백. 이 책을 통해서 중국 당나라의 유명 시인이라는 것만 알아도 사실 이미 충분히 좋은 정보를 얻었다고 할 수도 있을 그를 언급해보고자 한다.

자는 태백(太白)이며 호는 청련거사(靑蓮居士)인 이태백. 두보와 함께 '이두(李杜)'로 병칭되는 중국의 대표 시인인 이태백은 시선(詩仙)이라 불리기도 한다. 1,100여 편의 작품이 현존하지만 그의 생애는 분명하지 못한 점이 많아 생년을 비롯하여 상당한 부분이 현재까지 추정에 의존하고 있다. 그의 집안은 간쑤성 룽시현에 살았으며 아버지는 서역의 호상이었다고 전해지고 있다. 출생지는 오늘날의 쓰촨성인 촉나라의 장밍현 또는 더 서쪽의 서역으로, 어린 시절을 촉나라에서 보냈다.

남성적이고 용감한 것을 좋아한 이태백은 25세 때 촉나라를 떠나 장강을 따라서 장난·산둥·산시 등지를 편력하며 한평생을 보냈다. 젊어서 도교에 심취했던 그는 산중에서 지낸 적도 많았는데 이태백 시의 환상성은 대부분 도교적 발상에 의한 것으로 추정되며 산중은 그의 시적 세계의 중요한 무대이기도 했다. 안릉·남릉·동로의 땅에 체류한 적도 있지만 가정에 정착한 적은 드물었던 것으로 기록된다. 맹호연·원단구·두보 등 많은 시인과 교류했으며 그의 발자취는 중국 각지에 닿지 않은 곳이 없을 정도로 방대하기만 하다.

이백 즉 이태백은 당시 부패한 당나라 정치에 불만이 많았고 자신의 정치적 재능을 발휘할 기회를 바랐다. 그가 43세 되던 해인 742년 현종의 부름을 받아 장안에 들어가 환대를 받고 한림공봉이라는 관직을 하사받았다. 도사 오균의 천거로 궁정에 들어간 그는 자신의 정치적 포부의 실현을 기대했으나 한낱 궁정시인으로서 현종의 곁에서 시만 지어 올렸다. 그의 「청평조사(淸平調詞)」 3수는 궁정시인으로서의 그가 현종과 양귀비의 모란 향연에서 지은 시이다. 이것으로 그의 시명(詩名)은 장안을 떨쳤으나 그의 정치적 야망과 성격은 결국 궁정 분위기와는 맞지 않았다. 이백은 그를 '적선인(謫仙人: 하늘에서 귀양 온 신선)'이라 평한 하지장 등과 술에 빠져 '술 속의 팔선(八仙)'으로 불렸고 방약무인한 태도 때문에 현종의 총신 고역사의 미움을 받아 마침내 궁정을 쫓겨나 장안을 떠나게 됐다. 장안을 떠난 그는 허난으로 향해 뤄양·카이펑 사이를 유력하고 뤄양에서는 두보와, 카이펑에서는 고적과 지기지교를 맺었다.

두보와 석문에서 헤어진 그는 산시·허베이의 각지를 방랑하고 더 남하해 광릉·금릉에서 노닐고 다시 회계를 찾았으며 55세 때 안녹산의 난이 일어났을 때는 쉬안청에 있었다. 적군에 쫓긴 현종이 촉나라로 도망가고 그의 황자 영왕 인이 거병, 동쪽으로 향하자 그의 막료로 발탁됐으나 새로 즉위한 황제 숙종과 대립해 싸움에 패하게 되고 이로 인해 이백도 심양의 옥중에 갇혔다. 뒤이어 야랑으로 유배됐으나 도중에서 곽자의에 의

해 구명, 사면됐다(59세). 그 후 그는 금릉·쉬안청 사이를 방랑
했으나 노쇠한 탓으로 당도의 친척 이양빙에게 몸을 의지하다
가 그곳에서 병사했다.

이백의 생애는 방랑으로 시작해 방랑으로 끝났다. 청소년 시
절에는 독서와 검술에 정진하고 때로는 유협(遊俠)의 무리들과
어울리기도 했다. 쓰촨성 각지의 산천을 유력하기도 했으며 민
산에 숨어 선술(仙術)을 닦기도 했다. 그러나 그의 방랑은 단순
한 방랑이 아니고 정신의 자유를 찾는 '대붕(大鵬)의 비상'이었다.
그의 본질은 세속을 높이 비상하는 대붕, 꿈과 정열에 사는 늠
름한 로맨티스트에 있었다. 또한 술에 취해 강물 속의 달을 잡
으려다가 익사했다는 전설도 있다. 그에게도 현실 사회나 국가
에 관한 강한 관심이 있고 인생의 우수와 적막에 대한 절실한
응시가 있었다.

그러나 관심을 가지는 방식과 응시의 양태는 두보와는 크게
달랐다. 두보가 언제나 인간으로서 성실하게 살고 인간 속에 침
잠하는 방향을 취한 데 반해 이백은 오히려 인간을 초월하고 인
간의 자유를 비상하는 방향을 취했다. 그는 인생의 고통이나 비
수까지도 그것을 혼돈화해 그곳으로부터 비상하려 했다. 술이

그 혼돈화와 비상의 실천 수단이었던 것은 말할 것도 없다. 이백의 시를 밑바닥에서 지탱하고 있는 것은 협기와 신선(神仙)과 술이다. 젊은 시절에는 협기가 많았고 만년에는 신선이 보다 많은 관심의 대상이었으나 술은 생애를 통해 그의 문학과 철학의 원천이었다. 두보의 시가 퇴고를 구하는 데 반해 이백의 시는 흘러나오는 말이 바로 시가 되는 시풍이다. 두보의 오언율시에 대해 이백은 악부 칠언절구를 장기로 한다.

성당(盛唐)의 기상을 대표하는 시인 이백은 인간·시대·자기에 대한 커다란 기개와 자부에 불탔다. 하지만 동시에 전제와 독재 아래 부패하고 오탁의 현실에 젖어들어 사는 기쁨에 정면으로 대항하며 '만고의 우수'를 언제나 마음속에 품고 있었다. 현존하는 최고(最古)의 그의 시문집은 송나라 대에 편집된 것이며 주석으로는 원나라 대 소사빈의 『분류보주이태백시(分類補註李太白詩)』, 청나라 대 왕기의 『이태백전집(李太白全集)』 등이 있다.

이처럼 위대한 시인으로 표상되는 이태백의 시 몇 구 정도는 이해하는 것을 권한다. 대중들이 깊이 있게 이해하지는 못하더라도 쉽게나마 이해하고 풀이할 수 있다면 삶의 해법까지는 아니더라도 인생의 기본과 정도(正道)를 찾을 수 있을 것이다.

필자가 당시를 접하게 된 계기

지난 2012년 8월부터 2015년 8월까지 3년간 중국 쓰촨성 청뚜에서 지사장으로 근무하게 된 필자는 특별한 계기로 당시를 열독하게 됐다. 부임한 그해 말 쓰촨성 여유국 사람들과 송년회를 하는 자리에서 술이 어느 정도 돌고 한마디씩 덕담을 하던 중 필자 차례가 돌아와 평소에 외워두었던 당시 몇 수를 즉석에서 열창했다. 뜻밖에 모두의 호응을 얻어 같이 열창을 하게 됐다. 일행 중 한 사람이 '당시는 우리 중국의 자존심일 뿐 아니라 자부심'이라면서 필자를 한껏 추켜세웠다. '어느 정도 수준 있는 사람은 당시를 외우는 것을 자랑스럽게 여긴다'며 '초등학교 때 이미 당시 100수를 기본적으로 암기할 정도'라고 넌지시 알려주기까지 했다.

이렇게 회식을 마치고 집으로 돌아오는 차 안에서 중국 사람들과 친해질 수 있는 가장 빠른 길이 당시에 있음을 필자는 깨우치게 된다. 어차피 3년 동안 국가의 녹을 받으면서 대한민국 관광을 중국 현지인들에게 소개해야 할 입장이라 적극적인 만남을 필요로 했는데 이들의 자존심을 세워주면 훨씬 더 가깝게 다가갈 수 있겠구나 하는 생각이 불현듯 들었다.

이때부터 필자의 당시 300수에 대한 도전은 시작됐다. 틈만 나면 외우고 또 외워서 현지인들과의 모임이 있을 때마다 그 분위기에 맞게 몇 수를 목청껏 뽐내며 박수갈채를 받았고, 흡족해 즐거운 마음으로 당시 공부에 매진할 수 있었다. 확실히 칭찬이 만병통치약이라는 말을 실감했다. 칭찬하는데 과연 싫어할 사람이 있을까?

특히 공식적인 자리에서 가장 즐겨 읊었던 시를 소개해보면 다음과 같다.

등관작루(登鸛雀樓)

– 왕지환

해는 서산으로 기울고
황하는 바다로 흘러가는구나
만약 천릿길을 보고 싶으면
한층 더 올라가세

이 시는 한중관계를 미래지향적으로 더 멀리 더 높게 내다보자고 중국 시진핑 주석이 지난 2013년 6월 한중관계를 역설하면서 선물했던 시다. 한중 관계를 이것저것 말할 필요 없이 이 한마디로 대변했던 것이다. 그래서 필자도 중국 사천성 여유국이나 시정부등 관광관련 공식적인 모임에서 양국 간 관광교류 발전의 미래를 내다보자고 하면서 왕지환 시를 자주 읊조렸다. 바로 당신들 국가주석이 가장 애창하는 시라고 강조하면서.

우리에게도 인간관계나 직무는 물론이고 무슨 일을 하든지 미래지향적으로 더 멀리, 더 높이 내다 볼 수 있는 혜안이 있어야 하지 않을까? 청두 무후사에 가면 제갈공명을 뜻하는 어구가 실려있다. '명량천고(明良千古: 현명하고 어진 자는 천 년이나 오래 간다)'인데, 명(明) 자의 날 일(日)이 눈 목(目)으로 바꿔 쓰여있다. 바로 혜안인 것이다. 이렇게 혜안은 멀리 있지 않고 늘 가까이에 있음을 직시하고 이 책을 함께 펼쳐보기를 바란다.

1장

오늘은 달을 벗 삼아
한번 취해보세

잔을 들어 밝은 달을 청하고
그림자를 대하니 세 사람이로구나

將進酒

술을 권하며

∴ 중국 고등학교 교과서 수록

그대여 보지 못했는가?

황하의 물이 하늘에서 내려와

힘차게 바다로 흘러 다시는 돌아오지 못함을

그대여 보지 못했는가?

고관대작들 거울에 비친 백발을 슬퍼하네

아침에 검은 머리 저녁에 눈발이 된 것을 한탄하듯이

인생에 뜻을 얻었으면 반드시 기쁨을 다하고

함부로 금 술잔을 들고 공허하게 달과 대작하지 말지어다

하늘이 내게 재능을 준 것은 필히 쓸 데가 있으니

천금을 다 써버려도 다시 돌아오느니라

양을 삶고 소를 잡아 잠시나마 즐겨보게

한번 마시면 삼백 잔은 응당 마셔야지

잠 선생 단구 선생 술을 드시게나

잔을 멈추지 말게나

그대에게 노래 한 곡 보내드리오니

나를 위해 귀 기울여 경청해주기를 바라오

아름다운 음악과 진귀한 음식 다 귀하지 않으오

다만 내가 바라는 것은 오랫동안 취해 다시 깨지 않기를

예부터 성현은 모두 (죽어) 적막하게 되지만

오로지 술 먹은 자만이 그 이름을 남기는구려

진왕은 옛날 평락에서 연회할 때

한 말에 만 냥짜리 술을 마음껏 즐겼느니라

주인이여 어찌하여 돈이 없다고 하는가

얼른 술을 사오시게나 그대와 대작하게

오색찬란한 말, 천금의 여우 털

아이를 불러 맛좋은 술과 바꾸어 오게 하시게나

그대와 더불어 만고의 시름을 녹일까 하노라

君不見! 黃河之水天上來 奔流到海不復回

君不見! 高堂明鏡悲白髮 朝如靑絲暮成雪

人生得意須盡歡 莫使金樽空對月

天生我才必有用 千金散盡還復來

烹羊宰牛且爲樂 會須一飮三百杯

岑夫子 丹丘生 將進酒 杯莫停

與君歌一曲 請君爲我傾耳聽

鐘鼓饌玉不足貴 但願長醉不復醒

古來聖賢皆寂寞 唯有飮者留其名

陳王昔時宴平樂 斗酒十千恣歡謔

主人何爲言少錢 徑須沽取對君酌

五花馬 千金裘 呼兒將出換美酒

與爾同銷萬古愁

배경

오균과 하지장의 도움을 받아 현종의 부름을 받고 한림원에
서 궁중생활을 했으나 만취로 인한 주정과 기행으로 관료사회

의 반감을 사 결국 궁을 떠나야 했던 744년 무렵에 창작됐다.
시기와 아첨으로 찌든 궁중생활을 청산하고 인생은 짧으니 벗
들과 더불어 좋은 술 마음껏 즐기자는 거침없는 호방한 성격이
묻어있다.

어휘

天上來(천상래): 하늘에서 내려옴. 황하강이 곤륜산 높은 곳에
서 발원(發源)함.

奔流(분류): 내달릴 분. 내달릴 듯이 빠르게 흐름.

高堂(고당): 1. 높은 집. 부귀한 사람들. 2. 부모와 연배가 같은
사람.

靑絲(청사): 푸른 실. 검은 머리.

金樽(금준): 술통 준. 금 술잔. 황금 술 단지.

空對月(공대월): 빈 잔으로 달을 대하다. 술을 마시지 않는다
는 뜻.

我才(아재): 내 재주. '나'라는 존재를 부각시킴.

還復來(환복래): 돌아갔다가 다시 온다. '돈이란 쓰고 나면 다
시 생긴다'는 뜻.

烹羊宰牛(팽양재우): 양을 삶고 소를 잡는다.

會須(회수): 마땅히 수. 마땅히 ~해야 한다.

岑夫子(잠부자): 봉우리 잠, 성(姓) 잠. 당나라 시인 잠삼의 존칭.

丹丘生(단구생): 원단구(元丹丘) 선생.

鐘鼓饌玉(종고찬옥): 반찬 찬. 아름다운 음악과 진귀한 음식.

聖賢(성현): 성인과 현인(성인 다음가는 인물).

陳王(진왕): 진사왕(陳思王). 위나라 조조의 둘째 아들 조식.

平樂(평락): 평락관(平樂觀). 진사왕이 술 마시던 누각. 조식의
시에 '歸來飮平樂 美酒斗十千(돌아와 평락관에서 술 마시니 맛있는 술
한 말에 일만 금이로구나)'이라는 구절이 있음.

恣歡謔(자환학): 방자할 자, 웃길 학. 제멋대로 희롱하며 즐김.

徑須(경수): 길 경, 마땅히 수. 마땅히 곧, 빨리.

沽(고): 살 고.

五花馬(오화마): 오색 색깔을 띤 값진 말.

千金裘(천금구): 갖옷 구. 천금같이 비싼 가죽옷.

銷(소): 녹일 소.

萬古愁(만고추): 만고의 근심. 영원히 없어지지 않는 인생무상
의 슬픔.

이백의 호탕한 기질이 유감없이 발휘된 불멸의 명시다. 술을 인생의 기폭제로 승화시켜 잠시나마 술과 더불어 만고의 시름을 잊고자 했다.

당 현종의 총애를 받고 한림원에서 봉직하였으나 뜻하지 않은 질투와 시기를 받고 낙향하면서 현실과 타협하지 못한 까닭에 자신의 뜻을 펴보지도 못한 한을 술로 삭였다.

그대는 보지 못하였는가? 하늘가에서 내려온 황하강이 힘차게 뻗어 바다로 흘러 들어가서 다시는 돌아오지 못하였다는 것을 자연의 이치로 가감 없이 표현했다. 아무리 고관대작이라 할지라도 거울에 비친 자기의 늙은 모습을 백발로 표현함으로써 인생무상을 노래했다.

아침에는 푸른(검은) 머리가 저녁이면 흰 머리로 변한다는 상상력을 발휘하여 인생의 덧없음을 나타냈다. 인생이 뜻을 이루면 기쁨을 누려야지 빈 잔으로 함부로 달과 대작하지 말지어다. 하늘이 나를 이 땅에 내려 보냄은 다 쓸모가 있다는 면에서는 적선인으로서의 이백 자신의 역할을 부각했다. 즉 사람은 다 적재적소에 쓰임이 있으니 너무 재물에 구애받지 말 것을 경고했다. 돈을 쓰더라도 기분 좋게 쓰면 다시 생긴다는 무위자연(無爲自然)의 도가사상을 담고 있다.

양도 삶고 소도 잡았으니 한번 마시면 삼백 잔은 마셔야 하지 않겠는가? 잠삼, 원구단 벗들이여. 내가 주는 잔을 거절하지 마시게나. 그리고 내 그대들을 위하여 노래 한 곡조 할 테니 잘 들어주시구려. 아름다운 음악과 진귀한 음식이 나에게는 아무 소용이 없소. 내가 원하는 건 단지 오랫동안 취해 깨지 않기를 바랄 뿐이오. 예로부터 성현들도 죽으면 한줌의 재로 변하는데 명성이 무슨 필요가 있소? 오직 술 먹는 사람만이 이름을 남긴다오. 진왕 조식도 평락관에 잔치판 벌여 만 냥짜리 말술을 무진장 즐겼다오. 주인장 왜 자꾸 돈이 없다 하오. 내 당장에 술 사와 그대와 술판을 벌리리라. 오색찬란한 명마도 천금짜리 갓옷도 아이 불러다 좋은 술과 바꾸게 하리다. 그래서 그대와 더불어 이 밤이 새도록 만고의 근심을 녹이리라.

이 시에서 이백은 하나의 인생관을 당당하게 제시했다. '하늘에서 떨어진 황하물이 바다로 흘러 다시는 돌아오지 못한다'는 웅장한 자연 법칙과 '부귀한 사람도 늙으면 죽는다'는 일반적 사실을 들어 한마디로 '사람은 즐거운 때를 맞이하면 반드시 놓치지 말고 즐겨야 한다'는 뜻을 전했다.

이 시를 통해서 이백은 술주정뱅이가 아니라 술을 사랑하는 애주가로서, 인생의 낙을 즐기는 매개체로서의 술의 진가를 보여주었다. 그래서 권주가로 창작된 「장진주」는 영원불멸의 가치를 지니며 위대한 시인의 위치를 다시 한 번 확인시켜주었다. 우리도 이도 저도 뜻대로 안 될 때 마음에 맞는 벗들과 더불어 한 번 대취해보는 것은 어떨까? 그래서 그동안 쌓이고 쌓였던 스트레스를 한순간이나마 확 날려버리게.

그리고 자신의 재능에 대한 긍지를 간직하게 해주고 현재의 가난함에 대한 불안감을 씻겨주는 고마운 벗으로서 말이다.

명구(名句)

君不見! 黃河之水天上來 奔流到海不復回

人生得意須盡歡 莫使金樽空對月

天生我才必有用 散盡千金還復來

烹羊宰牛且爲樂 會須一飮三百杯

古來聖賢皆寂寞 唯有飮者留其名

與爾同銷萬古愁

세한삼우(歲寒三友)와
사군자의 공통분모

　소나무, 대나무 그리고 매화나무를 뜻하는 세한삼우는 중국인이 추구하는 고상한 정서를 상징한다.

　소나무는 엄동설한에도 늘 푸르고 무성하게 자라기 때문에 어느 것에도 굽히지 않는 강한 의지를 나타내고 대나무는 눈바람 속에서도 우뚝 솟아 있어 굳센 지조와 겸손한 성품의 상징으로 '군자'에 비유한다. 매화나무는 향기롭고 품위 있는 중국의 전통적인 꽃으로 세속에 물들지 않는 고결함을 대변한다.

　또 중국에서는 세한삼우에서 소나무를 빼고 난초와 국화를 넣은 매란국죽(梅蘭菊竹)을 사군자(四君子)라 말하는데 이는 우리나라에서도 널리 쓰인다.

이백에게 달은 몇 개?

　다섯 개다. 하늘에 떠 있는 달 하나, 호수에 그려진 달 하나, 내 술잔에 비친 달 하나, 당신의 눈 속에 담긴 달 하나, 그리고 마지막으로 내 마음속에 있는 달이다. 특히 마음속의 달을 나타내는 노래는 중국의 대표 가수인 등려군의 〈月亮代表我的心: 달이 내 마음을 대신하는구나〉이다.

　이태백이 여성들에게 작업할 때 쓰는 말은 '당신의 눈 속에 있는 달을 따서 내 마음 속에 고이 간직하고 싶소이다.'였다고 한다.

月下獨酌 第1首

달빛 아래 홀로 술 마시며 제1수

∴ 중국 중학교 교과서 수록

꽃 사이로 술 한 병 있어

홀로 마시네 친한 벗 없으니

잔을 들어 밝은 달을 청하고

그림자를 대하니 세 사람이로구나

달은 원래 술을 마시지 못하고

그림자는 내 몸을 따라다니는구나

잠시 달과 그림자와 더불어

즐거움을 봄이 다할 때까지 누려보자

내가 노래하니 달이 어슬렁거리고

내가 춤추니 그림자가 어지럽히는구나

깨어있을 때는 서로 교분을 쌓으나

취한 후에는 각자 뿔뿔이 흩어지는구나

영원히 무정하게 교류를 맺으며

저 먼 은하수에서 만날 것을 기약하자꾸나

花間一壺酒 獨酌無相親

舉杯邀明月 對影成三人

月既不解飮 影徒隨我身

暫伴月將影 行樂須及春

我歌月徘徊 我舞影凌亂

醒時同交歡 醉後各分散

永結無情遊 相期邈雲漢

배경

이백이 나이 40여 세에 장안에 머물 때 지었다. 뒤늦게 간신히 관직을 얻어 현종의 주변에 머물게 되었지만 주위의 모략과 질시로 정치적 이상을 펴보지도 못하고 쫓겨나면서 침울함과 고독함을 달래려는 심정을 담았다. 표면적으로는 달과 술을 사랑하는 낙천적인 풍모가 보이지만 그 이면에는 근심이 배어있다. 다만 술로 승화시켰을 뿐이다.

어휘

凌亂(능란): 질서가 없다. 어지럽다. 어수선하다.

無情(무정): 감정에 얽매임이 없음.

邈(막): 요원하다. 아득하다. 멀다.

雲漢(운한): 은하수. 높은 하늘.

해설

봄밤에 달과 그림자를 벗 삼아 술을 마시는 시인은 낭만적 정취에 빠져있는 듯하지만 한편으로는 지기(知己)를 만나지 못하여 홀로 술을 마실 수밖에 없는 외로움이 깃들어 있기도 하다. 아득한 은하수에서 만날 것을 기약하는 모습에는 현실을 초월하는 신선을 추구하는 도교적인 색채도 깃들어있다. 사실 혼자 술을 마시지만 달과 그림자를 의인화시켜 자신까지 세 사람이 되어 서로 뒤엉키면서 한바탕 놀아보자는 취지다. 다시 말하면 혼자 술 마시는 것 자체는 외로운 것이라 달과 그림자를 빌려 당시 정치적 타격으로 실의에 빠진 이백이 자신의 근심을 해소하고자 한 것이다. 그러므로 이백은 '취한 후에는 서로 흩어져 버린다'는 구절로 은근히 자신의 고독을 드러내고 있다. '永結無情遊'에는 사람과 교류하면 온갖 정에 얽매여서 상처만 남으니 오히려 자연과 벗하겠다는 작가의 자연주의 사상이 느껴진다. 또한 '相期邈雲漢'에서는 아득히 먼 은하수에서 만나기를 기약하며 또한 영원한 교류를 맺기를 원하지만 사실상 이것은 그저 기약일 뿐임을 나타내었다. 역시 쓸쓸한 심정이 배어있다.

하늘가에 떠 있는 달을 지상으로 끌어내려 그림자까지 대열에 합류시키는 발상은 가히 이백의 주선(酒仙)다운 상상력이라 할 수 있다.

舉杯邀明月 對影成三人

暫伴月將影 行樂須及春

月下獨酌 第2首

달빛 아래 홀로 술 마시며 제2수

하늘이 만약 술을 사랑하지 않았다면

주성이 하늘에는 없을 것이요

땅이 만약 술을 사랑하지 않았다면

땅에는 응당 주천이 없을 테지

천지가 원래부터 술을 사랑하니

술을 사랑하는 것 하늘에 부끄러울 게 없도다

이미 듣자하니 청주는 성현에 비한다 하고

또 탁주는 현자라고 한단다

성현들도 원래부터 이미 마셨거늘

어찌 고고한 신선이 되려고 하는가

세 잔을 마시면 대도(大道)와 통하고

한 말을 마시면 자연과 합친다 하오

단지 술 가운데 흥취를 얻을 뿐이니

깨어있는 자에게는 알려주지 말게나

天若不愛酒 酒星不在天

地若不愛酒 地應無酒泉

天地卽愛酒 愛酒不愧天

已聞淸比聖 復道濁爲賢

賢聖旣已飮 何必求神仙

三盃通大道 一斗合自然

但得酒中趣 勿爲醒者傳

어휘

若(약): 같을 약. 만약. ~와 같다.

酒星(주성): 술을 맡은 별. 酒旗星(주기성). (『진서(晉書)』 중 「천문지(天文志)」)

酒泉(주천): 술의 샘. 주천이란 이름을 가진 지명. 섬서성 대려현에 있는 주천 샘물은 술을 빚기에 알맞고, 감숙성 주천시 동북쪽에 있는 주천 샘물은 술맛이 난다고 함.

愧(괴): 부끄러울 괴.

復道(복도): 돌아올 복. 또. 다시 말하다.

旣已(기이): 이미 기, 이미 이.

勿爲(물위): 금지사 물. ~하지 마라.

大道(대도):

1. 큰 道理(도리). 사람이 마땅히 행해야 할 바른 길.

2. 만물의 본체. 무위자연의 진리. (『노자(老子)』)

淸比聖, 濁如賢: 청주는 성인에 비기고 탁주는 현인과 같음. 위나라 조정에서 금주령을 내렸는데 상서랑 서막이 술에 취하여 감사관 조달에게 '中聖人(중성인, 성인에게 중독되었다)'이라 말하니 이 말을 들은 태조가 노하매, 선우보가 아뢰기를 "취객들이 술 중에서 맑은 것을 성인이라 하며 탁한 것을 현인이라 하옵니다." 했음. (『삼국위지(三國魏志)』)

自然(자연): 저절로의 것. 곧 인간의 힘이 미치지 못하는 위대한 일이니, 봄에 초목이 싹트고 여름이면 무성해지며 가을에 풍성하게 결실을 맺는 일. 무위자연.

酒中趣: 술에 취하는 즐거움이나 흥취. 맹가가 술을 좋아하니 상관인 정승 환온이 술에 무슨 좋은 것이 있어 마시느냐고 묻자 "공은 아직 '주중(酒中)의 취(趣)'를 모르신다." 했음. (『진서(晉書)』 및 『세설신어(世說新語)』 언어 편)

해설

애주가의 궤변이자 술의 덕을 찬양하는 주덕송(酒德頌)이다. 내가 술을 마시는 것은 하늘에 술 별이 있고 땅에는 마르지 않는 술 샘이 있기에……. 내가 술 좋아하는 것은 하늘도 알고 땅도 알기에 한 줌의 부끄러움이 없도다.

궤변도 이러한 궤변은 없다. 좋아하면 그냥 좋아한다고 하지 왜 하늘도 갖다 붙이고 땅도 갖다 붙이나. 더 나아가 옛 성현들까지 끌어들이고 있다. 그렇게 고귀하고 점잖만 빼는 위인들도 술을 좋아하는데 하물며 우리 같은 미천한 사람들이야 말할 필요가 뭐 있겠느냐는 식이다. 세 잔만 마셔도 커다란 도(道)와 통하고 한 말을 마시면 대자연과 하나가 되는데 뭣 때문에 신선이 되려고 노력하느냐? 단지 술을 마시는 것이 신선이 되는 것보다 더 큰 이치를 깨우치는데……. 그러니 술 모르는 소인배들과는 대작을 하지 마라.

가히 '주태백'다운 술에 대한 최대의 찬사가 아닐 수 없다. 비록 애주의 변이 비논리적이라 할지라도 술 먹는 사람도 술 못 먹는 사람도 이백의 특이한 상상에 감탄하지 않을 수 없을 것이다. 특히 술 못 먹는 사람도 이 시를 읽으면 은근히 술이 당기지 않을까? 물론 술 먹는 사람은 말할 것도 없이 한 잔 한 잔 계속 당기겠고.

그러나 이백이 말하는 술 마시는 흥취는 단순히 술에 취한 좋은 기분만은 아닐 것이다. 정치판에서의 온갖 음모와 모략으로 쫓겨나다시피 장안을 떠난 심정을 생각하면, 이 흥취는 말로 표현할 수 없는 근심을 가린 흥취일 것이다.

月下獨酌 第3首

달빛 아래 홀로 술 마시며 제3수

3월의 함양성에

온갖 꽃이 대낮에 비단과 같이 수놓았네

누가 능히 봄에 홀로 근심을 하는가

이런 걸 대하면 곧장 술을 마셔야하네

못살고 잘살고와 장수와 단명은

대자연이 일찍이 내려준 것

한 잔 술에 생사를 넘나드니

만사가 본디 헤아리기가 어렵구나

취한 후엔 천지도 잃어버려

멍하니 홀로 베개를 베는구나

내 육신이 있는 것조차 모르니

이러한 즐거움이 최고로구나

三月咸陽城 千花晝如錦

誰能春獨愁 對此徑須飮

窮通與修短 造化夙所稟

一樽齊死生 萬事固難審

醉後失天地 兀然就孤枕

不知有吾身 此樂最爲甚

어휘

千花(천화): 온갖 종류의 화초. 천화만훼(千花萬卉).

如錦(여금): 비단과 같다.

徑須(경수): 길 경, 바로·마땅히 수.

窮通(궁통): 빈곤할 궁, 궁핍하고 부유한 것(모든 것).

修短(수단): 길 수. 장단. 길이.

造化(조화): 대자연의 이치.

夙(숙): 일찍 숙. 일찍이.

稟(품): 줄 품. 내려주다.

齊(제): 가지런할 제. 같다. 일치하다.

固(고): 단단할 고. 본디. 원래.

兀然(올연): 우뚝할 올. 홀로 외롭고 우뚝한 모양.

不知(부지): 부지불식(不知不識)의 준말. 생각지도 못하고 알지도 못함.

吾身(오신): 나 오. 나의 육신.

해설

이백은 거의 평생을 방랑하며 보냈는데 이는 단순한 방랑이 아닌 정신의 자유를 찾기 위한 방랑으로 평가되기도 한다. 대체로 음주는 모든 근심을 잊고 즐거움을 누리자는 뜻에서 이루어진다. 이백도 현실에서 근심을 잊고 즐거움을 찾는 수단으로 술을 마셨다. 비록 신선의 세계를 꿈꾸어 왔으나 그것은 불가능한 일이고 그래서 이 세상에 머무는 동안만이라도 주중선(酒中仙)이 되어 달과 술을 사랑하고자 노력한 시인이다. 정신의 자유를 찾는 '대붕(大鵬)의 비상'이었다.

이백은 원래는 이승의 사람이 아닌 선계의 사람인데 그곳에서 잠시 인간세계로 휴가를 왔다고 한다. 그러니 그의 행보는 자유분방하여 현종의 총애로 한림공봉이 되었을 때 환관 고력사에게 신발을 벗기게 했으며 천하일색 양귀비에겐 먹을 갈게 했다. 얼마나 멋지고 호방한 대륙의 대시인가? 제3수 역시 달에 대한 연민이다. 달에는 항아가 있다. 이백이 술에 취해 달을 따라간 것도 달에 고혹적인 미녀 항아가 있어서가 아닐까? 이백의 방랑적 기행은 기성 사회에 대한 부적응과 영혼의 자유를 위한 자유분방한 기질이 맞닿은 행보였으리라.

山中與幽人對酌

산속에서 은자와 술을 마시며

둘이 마주 앉아 술을 마시니 산에는 꽃이 피어나

한 잔, 한 잔, 다시 또 한 잔일세

나는 취해 자고 싶으니 그대는 일단 돌아가서

내일 아침 생각나면 거문고 안고 다시 오시게나

兩人對酌山花開

一杯一杯復一杯

我醉欲眠卿且去

明朝有意抱琴來

배경

이백이 벼슬자리에서 물러나 은거하면서 친구와 술로서 적적함을 달랠 때 지은 시이다.

어휘

幽人(유인): 세상이 어지러운 것을 피하여 그윽한 곳에 숨어사는 사람. 은둔자. 은자(隱者).

對酌(대작): 마주하여 술을 마심. 대음(對飮).

卿(경): 친한 친구. 그대.

且(차): 일단. 잠시.

有意(유의): 뜻 또는 생각이 있음.

해설

술과 시를 사랑하던 당대의 풍류시인 이백의 면모가 고스란히 묻어있는 시다. 세상일에 연연하지 않고 마음 맞는 벗과 이 밤이 새도록 술을 나눠 마시고 졸리면 자고 그리고 깨어나면 또 거문고와 더불어 술을 마시며 놀기를 청하는 선비 스타일이다.

셋째 구에서 '나는 취해 졸리니 그대는 돌아가라'는 말은 손님을 쫓아내려는 것이 아니라 속세의 예의범절에 구애됨이 없이 그만큼 서로 친한 사이임을 나타낸다. 그리고 넷째 구는 요즘 세상처럼 밤새 술 마시고 아침에 속이 쓰리면 해장술 하러 다시금 오기를 바라는 마음이다.

세상사를 떠나 아름다운 자연 속에서 잠시나마 벗과 함께 풍류를 즐기던 옛사람의 모습이 참으로 부럽다.

명구(名句)

一杯一杯復一杯

중국의 4대 요리를 꼽아본다면

중국은 국토가 광활하다 보니 요리의 종류도 다양할 뿐 아니라 색과 향과 맛 그리고 모양이 모두 다른 특색이 있는데 이를 산동 · 사천 · 회양 · 광동요리로 크게 구분할 수 있다.

산동요리는 노채(魯菜)라고도 하며 베이징, 톈진과 산동지역이 주를 이룬다. 우리식 중화요리와 연관이 깊은데 애초에 산동성 자체가 한국과 지리적으로 가까워 한국 화교 대부분이 산동성에 본적을 두고 있기 때문이다. 한국식 중화요리의 대표인 짜장면 역시 그 원류는 산둥성 지역의 음식인 작장면(炸醬麵)을 한국인의 입맛에 맞게 바꾼 것이 유래이다. 유명한 요리로는 베이징 오리 구이, 양고기 구이, 탕추어(糖醋魚) 등이 있다.

광동요리는 월채(越菜)라고 한다. 광동지역은 중국 동남 연해에 위치해 남쪽의 관문이자 무역의 중심지다. 사천요리와 더불어 중국 요리의 양대 산맥인데 실제 책상다리와 비행기만 빼고는 다 먹는다는 말이 여기서 유래가 됐다. 그만큼 대중적인 요리의 원산지일 뿐 아니라 '먹는 것은 광동에서'라고 할 정도로 유명한 요리는 대부분 광동에서 시작된다. 광동 요리의 식감은 상쾌함, 싱거움, 바삭함, 신선함이 주가 되며 건강식 위주이다. 유명한 요리로는 유포선하인(油包鮮蝦仁: 기름에 푼 녹말을 씌워 튀긴 새우 요리)과 고유저(烤乳猪) 등이 있다.

사천요리는 천채(川菜)라고 불리며 중국 서남부 지역인 청두시, 충칭시를 중심으로 기름기가 많고 향이 강하며 혀가 얼얼하도록 매운 것이 특징이다. 중국의 2대, 4대, 8대 요리라 해도 항상 들어가는 요리가 광동요리와 더불어 사천요리이다. 보통 뜨거움(燙), 매움(辣), 얼얼함(麻)으로 표현된다. 한국의 칼칼하고 달착지근한 매운 맛과는 차이가 있어서

매운 맛이라는 공통점을 찾아 사천에 관광할 때 이 지역 요리를 맛보는 한국 사람들이 맛에 혼쭐이 나는 경우가 많다. 훠궈, 마파두부, 탄탄면, 회과육, 깐풍기, 짜장면(사천짜장) 등은 우리나라에 잘 알려져 익숙한 음식이기도 하다.

회양요리는 소채(蘇菜) 혹은 강소채계(江蘇菜系)라고 불리며 이전에는 회안과 양주에서 유명해 붙여진 이름이다. 식감이 담백하고 강하지 않은 느낌이며 살짝 단맛이 나기도 하는 중국의 동남부 지방인 남경의 대표적 음식이다. 유명한 요리로는 계탕자간사(鷄湯煮干絲: 닭고기와 건두부채 및 갖은 야채를 고아낸 요리), 청돈해분사자두(淸燉蟹粉獅子頭: 게로 우려낸 맑은 탕에 완자를 넣은 요리), 수정효제(水晶肴蹄: 돼지 앞다리 냉채), 압포어(鴨包魚: 오리고기와 피로 만든 볶음 요리) 등이 있다.

〈중화요리의 지역 계통적 분류〉

2대 요리	광동요리, 사천요리
4대 요리	광동요리, 사천요리, 산동요리, 강소요리
8대 요리	광동요리, 사천요리, 산동요리, 강소요리, 안휘요리, 복건요리, 절강요리, 호남요리
그 외	베이징, 상하이, 호북, 운남, 청진, 타이완요리 등 해외의 중화요리: 한국식, 미국식, 일본식 등

2장

그리운 사람 못 보면
마음에 그늘이 진다네

당신이 돌아오실 날이면
저는 애간장이 끊어져있을 때입니다
봄바람과는 서로 알지도 못하는데
어이하여 비단 휘장으로 들어오나요

靜夜思

고요한 밤에 생각하며

∴ 중국 초등학교 교과서 수록

침상 앞 스며드는 밝은 달빛

아마 땅 위에 서리가 내린 듯하구나

고개 들어 밝은 달을 쳐다보고

고개 숙이니 고향 생각나는구나

床前明月光
疑是地上霜
舉頭望明月
低頭思故鄉

이백이 26세인 726년 양주객사에서 지은 것으로 고향을 그리워하는 간절한 마음을 표현했다.

어휘

疑是(의시): 아마 ~인 듯하다.

擧頭(거두): 고개를 들다.

低頭(저두): 고개를 숙이다.

해설

이 시는 맑고 신선하고 소박하다. 내용은 단순하고 간결하지만 함축성 있고 오히려 풍부함을 더해준다. 구체적으로 장황하게 이러니저러니 말하지 않지만 읽는 이에게 충분한 공감을 전달하며 긴 여운을 남긴다. 특히 이렇게 간결한 문장으로 한가위 때 고향에 못 가는 사람들에게 공감대를 형성케 하는 것은 가히 천재 시인 이백답다 하겠다.

늘 홀로 타지에서 외롭게 생활하는 이백. 밤이 되니 문득 고향 생각이 절로 나는구나. 게다가 하늘에는 밝은 달까지 떠오르니 고향 생각이 더욱더 간절해진다. 나그네에게 밤은 돌아갈 곳 없는 자신의 처지를 절실히 느끼게 해준다. 이 시에 존재하는 달은 한없이 밝지만 이백에게는 가을 달이고 서리처럼 차갑게 느껴진다. 추석 때 뜨는 달은 다른 사람들에게는 특히 풍요롭고 넉넉해 보인다. 그러나 타향을 떠도는 나그네에게는 그렇지 않은가 보다. 그래서 이백에게 달은 차가운 서리로 보였을지도 모른다.

이 시의 명문장은 '擧頭望明月 低頭思故鄕'이다. 고개를 들거나 수그린 자세를 대비시키고 눈앞의 서로 다른 정경을 묘사하는 대구 방식을 써서 사물을 바라보며 상념에 잠기는 과정을 자연스럽게 표현했다. 고개 들어 보이는 저 밝은 달, 아마 고향에서도 저 달을 바라보고 있을 거야. 결국 달을 통해서 이심전심을 느꼈으리라. 그래서 보고 싶은 마음 더욱 간절하리라.

이백에게 평생 변치 않을 벗은 둘이다. 바로 '술'과 '달'.

명구(名句)

擧頭望明月 低頭思故鄕

春夜洛城聞笛

봄밤에 낙양성에서 들려오는 피리소리

뉘 집 옥피리에서 은은히 날아드는 소리

흩어져 봄바람을 타니 낙양성에 가득하구나

이 밤에 애절한 이별가가 들려오니

어느 누가 고향의 정이 생각나지 않겠는가

誰家玉笛暗飛聲

散入春風滿洛城

此夜曲中聞折柳

何人不起故園情

이백이 35세 낙양을 유람할 때의 봄밤. 어디선가 들려오는 그윽한 피리소리가 고향 생각이 간절한 한 나그네의 향수를 자극한 시다.

어휘

洛城(낙성): 낙양성. 낙양. 지금의 하남성 낙양시.

誰家(수가): 누구 수. 누구의 집. 어느 집.

暗(암): 은근히(어두울 때). 은연 중.

折柳(절류): 버드나무를 꺾다. 〈절양류(折楊柳)〉라는 곡조 이름. 옛부터 강변의 버들가지를 꺾어 떠나는 손님에게 주는 이별의 정경을 노래한 시.

故園(고원): 옛 뜰. 고향.

故園情(고원정): 고향을 생각하는 마음.

해설

낙양성에서 누가 부는지 옥피리 소리가 몰래 봄바람을 타고 온 성안에 가득하네. 그 가락 속에 이별의 아쉬움이 애절한 〈절양류〉가 묻혀있네. 이 곡조를 들으면 과연 고향을 그리워하는 정이 솟구치지 않을 사람이 있을까? 타향을 떠도는 나그네는 봄이면 고향을 그리워하게 마련인데, 더구나 애원의 감정이 담긴 옥피리 소리가 은은히 들려오니 고향 생각이 더욱 간절해지는구나.

이백이 「정야사」를 시각적으로 다루었다면 이 시는 청각적으로 다루었다.

사면초가(四面楚歌) 구절이 떠올리게 하는 시구이다.

유방과 항우의 해하전투에서 사방으로 포위된 항우의 초나라 병사들이 밤중에 들려오는 고향의 노래를 듣고서 전투에 지친 나머지 향수병에 걸려 하나둘씩 도망갔듯이 고향 생각은 예나 지금이나 변함이 없다.

명구(名句)

何人不起故園情

유교는 한 사물에 대해서 정의를 내리고 도교는 정의를 내리지 않는다. 무슨 말인가 의아하겠지만 한 가지 예로 금방 수긍할 수 있다. 술잔이 하나 있다고 치자. 유교 관점에서는 술잔은 그저 하나의 술잔이다. 그렇다면 도교의 관점은 어떠할까. '술잔'이 아닌 하나의 잔일뿐이다. 술잔으로 용도를 한정하지 않는 것이다. 그 잔에다 밥도 먹을 수 있고 물도 마실 수도, 또한 술도 마실 수도 있지 않나. 이렇게 굳이 정의를 내리지 않고 다양성을 인정하는 부분이 바로 도교의 관점이다. 나훈아의 〈사랑은 눈물의 씨앗〉을 도교적 관점으로 조금 특이하게 바라볼 수 있다. 왜 사랑은 눈물의 씨앗만 되나? 기쁨의 씨앗은 안 되고 또 슬픔의 씨앗은 안 되나?

이와 같이 사람의 도리에 대해 유교는 하나의 정의를 내리고 사람들은 거기에 맞추어야 한다고 강조한다. 그것이 바로 '성인군자'이다. 인간의 최고의 선을 군자에 비유하고 누구나 수양을 하여 목표에 도달해야 한다고 했다.

그러나 도교는 인간의 능력을 다양함에 비유했고 그래서 각자에 맞춰 개발해야 한다고 했다. 음악에 조예가 있는 사람, 미술에 조예가 있는 사람, 건축에 조예가 있는 사람 등 다양성에 주목한다. 그래서 물 흐르듯 자연스러워야 한다. 소위 말하는 무위자연설이다.

굳이 현대적으로 비유하자면 유교는 중앙집권적이요, 도교는 지방분권적이다. 국가에 위기가 닥치면 일사분란하게 난국을 극복해야 하는 중앙통제가 맞고, 국가가 안정되었을 때는 지방의 실정에 맞게 다양성을 강조하는 지방분권이 맞다. 필자는 두 가지가 다 설득력이 있다고 생각한다. 어느 것이 우위는 아니다. 그 시대에 따라 달라질 뿐이다.

客中作

나그네 심정을 노래하며

난릉 지역의 좋은 술은 울금향이 나고

옥잔에 가득 부으니 호박 광채가 나는구나

그런데 주인이여 객을 취하게 만드니

어디가 타향인지 모르겠구나

蘭陵美酒鬱金香

玉碗盛來琥珀光

但使主人能醉客

不知何處是他鄉

이백이 35세 무렵 가족과 함께 호북의 안릉 지역에서 산동의 난릉 지역으로 이사해 타향에 대한 시정(詩情)이 난릉의 이름난 술들과 어우러져 「객중작」이라는 명작이 탄생된다.

어휘

蘭陵(난릉): 지금의 산동성 난릉현.

鬱金香(울금향): 향기로울·숲 우거질 울. 울금은 향초로 이 향초를 삶아 술에 타면 향기로운 술이 된다. 중국 난릉의 특산물로서 울금(鬱金)으로 만든 향이 뛰어난 술.

玉碗(옥완): 옥으로 만든 술잔.

琥珀(호박): 돌의 일종. 투명하고 붉거나 누런색이 나 장식물로 많이 쓰여 예로부터 보석에 준한다 함. 여기서는 술의 빛깔을 호박 광채로 비유했다.

客(객): 이백 자신.

해설

고향을 떠나 아무런 연고도 없는 산동 땅에서 식객 노릇만 하던 이백은 망향의 정을 술로 달래며 이 글을 휘갈겼다. 하룻밤을 묵게 된 집주인에게 "나를 취하게만 해준다면 이곳이 타향이라는 생각을 잊을 수 있을 것 같은데……." 하고 말하는 이백의 마음속 처절함을 알 수 있는 대목이다.

고향이 뭔지, 그렇게 한평생 달과 술이 좋아 방랑생활을 하던 이백도 인간 본연인 고향의 정을 끝내 떨쳐버릴 수는 없나 보다. 타향이 과연 고향보다 좋을까? 문득 김상진의 〈고향이 좋아〉가 불현듯 떠오른다.

타향도 정이 들면 정이 들면 고향이라고 / 그 누가 말했던가 말을 했던가 바보처럼

바보처럼 아니야 아니야 그것은 거짓말 / 향수를 달래려고 술이 취해 하는 말이야

아 아 타향은 싫어 고향이 좋아

그런데 요새는 고향이라는 개념이 없어졌다. 그만큼 사회가 각박해진 걸까?

명구(名句)

但使主人能醉客 不知何處是他鄉

春思

봄에 그리워하며

연나라 풀은 푸른 실과 같고

진나라 뽕은 푸른 가지가 낮게 드리워있군요

당신이 돌아오실 날이면

저는 애간장이 끊어져 있을 때입니다

봄바람과는 서로 알지도 못하는데

어이하여 비단 휘장으로 들어오나요

燕草如碧絲

秦桑低綠枝

當君懷歸日

是妾斷腸時

春風不相識

何事入羅幃

십대 때 국경을 지키거나 전장에 끌려간 뒤에 죽지 않았어도 육십을 넘기고서야 집으로 돌아올 수 있었던 시기에 남편을 애타게 기다리는 여인네의 심정을 그렸다.

어휘

燕(연): 지금의 하남성 북부, 요녕성 서남부 일대. 당시 변경 지역으로 남편이 군대에 나가있는 곳.

秦(진): 지금의 섬서성 일대. 당시 여인네가 사는 곳.

妾(첩): 옛날 부녀들이 스스로 일컫는 칭호.

해설

연나라 땅의 풀이 푸른 실처럼 돋아나면, 진나라 땅의 뽕나무는 푸른 가지가 무성하게 낮게 드리웁니다. 임께서 고향으로 돌아오실 날이면 신첩은 그리움이 사무쳐 이미 애간장이 끊어져 있을 때입니다. 봄바람은 이런 영문도 모르고 어이하여 비단 휘장 젖히고 들어오는지 어이해서…….

목숨을 기약할 수 없는 싸움터로 집안의 기둥인 남편을 전쟁터로 내보낸 여인들은 그저 탈 없이 집으로 돌아올 수 있기만을 바라며 날마다 그리움의 눈물을 흘려야 했다. 매서운 추위 속에서 고생할 남편을 생각하니 당장 눈앞에 찾아온 따뜻한 봄날에도 하염없이 눈물을 흘리고, 남편 대신 낯선 봄바람이 휘장 안으로 들어온 것을 원망하는 여인네의 탄식을 듣는 듯하다. 꽃을 꽃으로 볼 수 없는 슬픈 봄날이 흘러가듯 여인네의 그리움에 사무친 사부곡(思夫曲)이다. 특히 님을 그리워하는 마음이 창자가 끊어지는 듯한 고통이라고 하니…… 여인네의 그리움이 얼마나 극에 달했는지 알 수 있다.

우리에게도 사랑한다는 임의 말이 거짓말이라며 오지 않는 임에 대한 그리움을 표현한 조선중기 시인 김상용(1561~1637)의 「사랑이 거짓말이」라는 평시조가 있다.

"사랑한다는 거짓말이, 임이 나를 사랑한다는 거짓말이
꿈에 보인다는 말이 그것이 더욱 거짓말이다
나같이 잠이 아니 오면 어느 꿈에 보이겠는가?"
당신은 꿈속에서 나를 본다지만 나는 그리움에 사무쳐 잠조차

이룰 수가 없는데 어떻게 꿈속에서 당신을 볼 수가 있으리오? 그러니 꿈속에서 나를 본다는 것은 거짓말이 아니고 무엇이리 오? 얼마나 사무쳤으면 꿈조차 꿀 수가 없는지…….

명구(名句)

當君懷歸日 是妾斷腸時

끝없는 사랑 비익조 · 연리지란?

중당(中唐) 시인 백거이가 당 현종과 양귀비의 사랑을 읊은 장편 서사 시 「장한가(長恨歌)」에 나온 말로 영원히 헤어지지 않는 하나 되는 사랑을 말한다.

비익조(比翼鳥)는 전설 속의 새로 눈과 날개가 한 쪽 뿐이어서 다른 쪽의 짝을 만나야만 옆도 볼 수 있고 온전히 날 수 있다는 새이다. 또한 연리지(連理枝)는 뿌리가 서로 다른 나무가 허공에서 만나 한 가지로 합쳐진 나무이다.

하늘에 있으면 비익조가 되고 / 땅에 있으면 연리지가 되거늘 / 천지는 영원하다 한들 다할 날이 있겠지만 / 우리의 이 슬픈 사랑은 길고도 길어 끊일 때가 없으리라

– 「장한가」 중에서

怨情
원망의 마음

아름다운 여인이 구슬로 엮은 발을 걷고는

방 안 깊숙이 앉아 고운 눈썹을 찡그리고 있네

다만 눈물에 젖은 흔적만 보일 뿐

마음속으로 누굴 원망하는지 모르겠구나

美人捲珠簾

深坐嚬蛾眉

但見淚痕濕

不知心恨誰

누구인지는 알려지지 않은 미인을 통해 아름다운 여인네도 근심이 있듯이 인간은 누구나 남모르는 걱정이 있음을 은근히 내포하고 있다.

어휘

捲(권): 말 권. 말다. 감다. 걷다.

珠簾(주렴): 구슬 주, 주막기 렴. 발. 커튼. 구슬을 꿰어 만든 발.

嚬(빈): 찡그릴 빈.

蛾眉(아미): 나방 아, 눈썹 미. (미인의 가늘고 긴)아름다운 눈썹.

淚痕(누흔): 눈물 루, 흔적 흔. 눈물 자국.

濕(습): 축축할 습, 습하다. 축축하다. 적시다.

恨(한): 한스러울 한. 원망하다.

해설

사랑하는 사람을 그리워하며 독수공방하는 여인네의 마음을 읊은 정한시(情恨詩)이다. 사람은 보고 싶을 때 봐야지 보고 싶은 사람을 못 보면 마음에 그늘이 진다. 그렇게 아름다운 여인도 결국 그리운 정에 못 이겨 하염없이 눈물만 흘리는구나. 여인의 기다림에 부응하지 못하는 정인(情人)의 무심함에 대한 원망이 읽힌다. 평이한 시어로 여인의 그리운 한을 군살 없이 담백하게 묘사하고 있어 마치 한 폭의 미인도를 보는 것 같다.

한편 이와 비슷한 조선시대의 대표적인 정한시(情恨詩) 한 수를 소개하고자 한다. 바로 조선중기 여류시인 이옥봉(李玉峯)의 「몽혼(夢魂:꿈속의 넋)」으로 옛날 사대부시절 임에 대한 사랑과 그리움이 잘 표현된 시이다.

요사이 안부는 어떠신가요
창가에 달빛 환할 때 제 한은 깊어만 가요
만약 꿈속의 넋이 자취를 남길 수 있다면
문 앞의 돌길은 벌써 모래가 되었을 것을

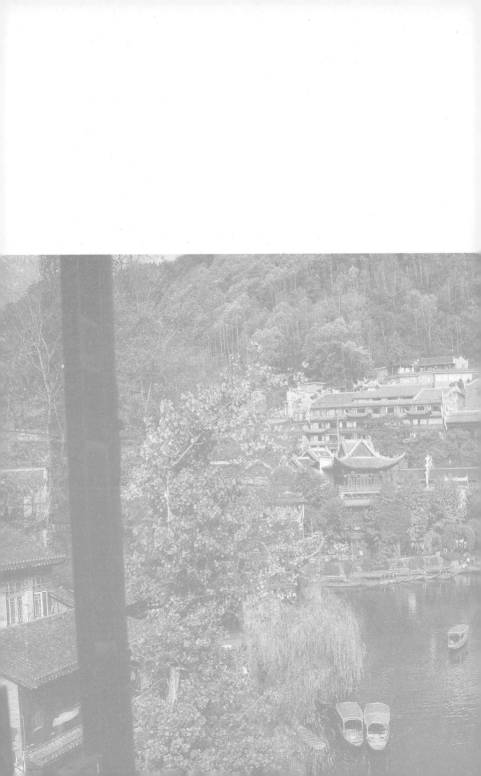

3장

누가 이별을 만남의 서곡이라 했는가?

그대에게 물어보자 동으로 흘러가는 장강의 물결이

그대와 이별하는 마음과 어느 것이 길고 짧은가

黃鶴樓送孟浩然之廣陵

황학루에서 광릉으로 가는 맹호연을 전송하며

∴ 중국 초등학교 교과서 수록

벗이 서편 황학루를 떠나

안개꽃이 자욱한 3월에 양주로 가는구나

외로운 돛단배의 먼 그림자는 창공으로 사라지고

오직 보이는 건 하늘에 맞닿아 흐르는 장강뿐이네

故人西辭黃鶴樓

煙花三月下揚州

孤帆遠影碧空盡

唯見長江天際流

배경

이백이 739년 봄 황학루에서 광릉으로 떠나는 맹호연을 보내며 석별의 정을 아쉬워하면서 부른 노래이다.

어휘

黃鶴樓(황학루): 호북성 무한시에 있는 누각. 옛날에 신선이 노란 귤껍질로 만든 학이 진짜 학이 되어 신선을 태우고 날아갔다는 전설이 깃들어 있다.

孟浩然(맹호연): 성당(盛唐)의 자연파 시인. 이백의 친한 글벗이자 문단 대선배.

之(지): ~로 향해 가다.

廣陵(광릉): 양주(揚州). 지금의 강소성 양주시.

故人(고인): 친한 벗.

煙花(연화): 안개나 아지랑이가 자욱한 가운데 피는 꽃. 아름다운 봄날의 풍경을 묘사.

孤帆(고범): 외롭게 떠 있는 작은 배. 고주(孤舟).

遠影(원영): 먼 그림자.

碧空(벽공): 푸른 하늘. 창공. 벽천(碧天).

長江(장강): 양쯔강의 중국식 명칭.

天際(천제): 하늘의 끝. 천말(天末).

해설

단지 풍경 묘사만으로 이별의 아쉬움을 달랠 수 있다니 과연 이백다운 멋진 시다.

장강 강가에 중국 3대 누각 중 하나로 옛적에 신선이 누런 학을 타고 하늘로 올라갔다는 황학루라는 누각이 있다. 때는 바야흐로 춘삼월 호시절, 누각 주변 강가에는 온통 봄꽃들이 고운 자태를 서로 뽐내듯 만발하고 있었다. 이백의 글벗이자 문단 대선배인 맹호연이 광릉으로 막 갈 참이다. 황학루에서 광릉까지는 뱃길로만 수만 리 길……. 지금 헤어지면 언제 만날지 모르는 길. 그동안 함께 보낸 정을 뿌리치고 보내야 하는 안타까운 심정을 이별이라는 글자는 단 한 글자도 쓰지 않고 단지 풍경만으로 만감이 교차하는 아쉬움을 절제하여 표현하고 있다. 바로 여기에 이 시의 묘미가 있다 하겠다.

강가의 절경들을 뒤로 하고 작은 돛단배 하나가 춘풍에 밀려 순식간에 멀어진다. 거대한 장강의 물결이 하늘에 맞닿아있

는…… 그 수평선 너머로 돛단배의 긴 그림자가 시야에서 사라질 때까지 이 젊은 이백의 시선은 대선배의 흔적을 따라가고 있다. 그 긴 그림자가 사라진 후에도…… 장강의 물이 맞닿아있는 곳, 그 하늘가에 시선을 고정시킨 채 그렇게 이백은 황학루 곁을 떠나지 못하고 있다. 언제까지고…….

이 시가 지어진 이듬해, 맹호연은 마치 황학루에 얽힌 전설처럼 신선이 되어 하늘로 올라갔다.

명구(名句)

唯見長江天際流

金陵酒肆留別

금릉 술집에서 이별을 남기다

바람이 부니 버드나무 꽃향기 주점에 가득하고

오나라 미희들 술을 걸러 손님에게 맛보라고 권하네

금릉의 자제들 찾아와 서로 송별하는데

가려고 하나 가지 못하고 각자 술잔만 비우네

그대에게 물어보자 동으로 흘러가는 장강의 물결이

그대와 이별하는 마음과 어느 것이 길고 짧은지

風吹柳花滿店香

吳姬壓酒勸客嘗

金陵子弟來相送

欲行不行各盡觴

請君試問東流水

別意與之誰短長

726년 봄 이백이 금릉을 떠나 양주로 갈 때 벗들에게 써준 유별시(留別詩)이다.

어휘

金陵(금릉): 지금의 강소성 남경시.

酒肆(주사): 방자할 사. 주막. 주점. 술집.

留別(유별): 떠나는 사람이 남아있는 사람에게 하는 이별.

送別(송별): 남아있는 사람이 떠나는 사람에게 하는 이별.

吳姬(오희): 오나라 지방의 여인(금릉이 옛날 오나라 땅). 여기서는 주막의 주모라고도 함.

壓酒(압주): 술을 거를 때 조리로 눌러 뜬 술.

觴(상): 잔 상. 술잔.

與之(여지): ~와 더불어. 여기서 '之'는 대명사로 강물을 뜻함.

해설

떠나는 사람, 보내는 사람 모두 아쉬운 것이 진정한 우정이리라. 그리하여 글벗이며 술벗인 금릉의 친구들과 아쉬운 이별을 하며 술집에서 마지막 술판을 벌인다. 왁자지껄하게 때는 바야흐로 버들가지 나부끼는 봄 향기 가득한 계절, 술집 여인네는 새 술의 맛을 보라고 권하고, 그동안 사귀었던 금릉의 젊은이들은 몰려와 이별의 주연을 베풀어주는 정겨운 광경이다.

한 잔 두 잔 권하거니 마시거니 하노라니 차마 발걸음이 떨어지지가 않는구나. 이에 어느 정도 취기가 돈 이백은 붓을 들고 일필휘지(一筆揮之)로 시 한 수를 써내려 간다. 저기에 도도히 흘러가는 장강이 있구나. 내 그대들에 한번 물어봅시다. 저 강물과 우리 이별의 정 어느 것이 더 긴지를……. 이렇게 벗들을 떠나는 자신의 슬픔이 장강의 길이보다 더 길다는 것을 절묘하게 표현한 마지막 두 구는 시인다운 착상이라 하겠다.

그래서 옛말에 친구를 사귀는 도리는 '처음엔 담담하다가 나중엔 열렬하게, 처음엔 낯설다가 나중엔 친하게, 처음엔 멀었다가 나중엔 가까워지는 것'이라 했던가.

명구(名句)

請君試問東流水 別意與之誰短長

送友人

벗을 보내며

∴ 중국 중학교 교과서 수록

푸른 산은 북쪽 마을을 가로지르고

하얀 물은 동쪽 성곽을 돌고 있구나

여기서 한번 헤어지면

외로운 떠돌이는 만 리 길을 떠나겠지

떠도는 구름은 나그네의 마음이요

떨어지는 해는 친구의 정일세

손을 흔들며 여기에서 헤어지니

애달픈지 떠나는 말도 처량하게 울부짖누나

青山橫北郭

白水繞東城

此地一爲別

孤蓬萬里征

浮雲游子意

落日故人情

揮手自玆去

蕭蕭班馬鳴

배경

먼저 떠나가는 지점을 지적해내고 이어서 미리 이별 후의 상상으로 연결시켜, 떠나가는 나그네의 심정을 지는 해와 같아서 붙잡을 수가 없다고 은유적으로 표현하고자 하였다.

어휘

郭(곽): 외성(外城).

白水(백수): 햇빛에 반사되어 희게 보이는 물.

繞(요): 두를 요. 휘감다. 두르다. 감다.

孤蓬(고봉): 뿌리째 뽑혀 바람에 이리저리 날리는 다북쑥. 정처 없이 떠도는 나그네를 비유함.

浮雲(부운): 떠다니는 구름. 떠나는 벗의 마음.

落日(락일): 지는 해. 벗을 보내는 작가의 안타까운 마음.

揮手(휘수): 휘두를 휘. 흔들다. 손을 흔들다.

玆(자): 이 자. 여기, 이곳(=此).

蕭蕭(소소): 쓸쓸할 소. 말이 처량하게 우는 소리.

班馬(반마): 반 반, 무리, 조. 무리를 떠나는 말.

해설

길 떠나는 나그네와 그 벗을 보내야만 하는 안타까운 심정을 말의 울음소리에 감정이입하여 절절한 아쉬움의 깊은 여운을 남기게 한 작품이다. 말라버린 쑥 역시 말라버렸기 때문에 바람에 쉽게 떠다니며 멀리까지 가게 되는 것에서 벗이 멀리 유랑 길을 떠나는 상황을 이해할 수 있다. 특히 다음에 등장하는 떠가는 구름과 지는 해는 시인의 감정을 잘 드러내는 사물이다. 다시 말해 떠나보내야 하는 마음은 아쉽고 쓸쓸하므로 마치 지는 해와 같다고 표현했다.

떠가는 구름은 벗의 마음으로, 지는 해는 자신의 정감으로 표현해 기약 없이 떠나는 벗과 헤어지는 심정을 사물에 잘 접목시켰다고 할 수 있다. 끝으로 먼 유랑 길에 없어서는 안 되는 말을 등장시켜 석별의 정을 한층 더 고조시켰다. 두 사람의 석별의 정과 무리를 떠난 말의 슬픔을 연결시켜, 단순히 사람 간의 석별의 정을 언급한 것보다 훨씬 더한 아쉬움과 슬픔을 자아냈다. 무리를 떠난 말이 슬프듯이 시인 역시 벗과의 이별이 슬프다.

이 시는 전체적으로 사물과 정감을 잘 융합하여 시적인 표현력을 극대화했다는 평가를 받고 있다.

浮雲游子意 落日故人情

막걸리 오덕을 소개합니다!

조선조 초의 명상 정인지는 젖과 막걸리는 생김새가 같다 하고 아기들이 젖으로 생명을 키워나가듯이 막걸리는 노인의 젖줄이라고 했다. 정인지를 비롯해서 문호 서거정, 명신 손순효 등은 만년에 막걸리로 밥을 대신했는데 병 없이 장수했다고 전해져 내려오고 있다. 노인의 젖줄이라 함은 비단 영양 보급원일 뿐 아니라 무병장수의 비밀을 암시하는 것이 되기도 했다.

조선조 중엽 막걸리를 좋아하는 이 씨 성의 판서가 있었다, 언젠가 아들들이 '왜 아버님은 약주나 소주가 있는데 막걸리만을 좋아하십니까?'라고 물었다. 이에 이 판서는 '소 쓸개 세 개를 구해 와라.'고 시켰다. 그 한 쓸개주머니에는 소주를, 다른 쓸개주머니에는 약주를, 나머지 쓸개주머니에는 막걸리를 가득 채우고 처마 밑에 두었다. 며칠이 지난 후에 이 쓸개주머니를 열어보니 소주 담은 주머니는 구멍이 송송 나있고 약주 담은 주머니는 상해서 얇게 되었는데 막걸리 담은 주머니는 오히려 이전보다 두꺼워져있었다.

오덕이란 취하되 인사불성만큼 취하지 않음이 일덕이요, 새참에 마시면 요기되는 것이 이덕이다. 힘 빠졌을 때 기운 돋우는 것이 삼덕이요, 안 되면 일 마치고 넌지시 웃으면 되는 것이 사덕이며 더불어 마시면 응어리 풀리는 것이 오덕이다. 다섯 번째 덕은 옛날 관가에서 한잔 막걸리를 돌려 마심으로써 그동안 품었던 크고 작은 감정을 풀었던 향음에서 비롯된 것이 아니었을까.

贈汪倫

왕륜에게 증정하며

∴ 중국 초등학교 교과서 수록

이백이 배를 타고 막 가려는 참에

갑자기 언덕 위에서 발로 밟는 노랫소리 들리네

도화 연못 물 깊이가 천 길이나 된다 한들

왕륜이 나에게 보낸 정에는 미치지 못하리

李白乘舟將欲行
忽聞岸上踏歌聲
桃花潭水深千尺
不及汪倫送我情

이백이 안휘성 경현을 유람하였을 때 왕륜이 이백을 좋은 술로 융숭히 대접하자 작별할 때 왕륜에게 지어준 시이다.

汪倫(왕륜): 당나라 현종 때 경현 현령을 지냈고, 벼슬에서 물러난 뒤 경현의 도화담에서 살았음.

忽聞(홀문): 갑자기 들리다.

踏歌(답가): 발로 땅을 밟으며 박자를 맞추는 노래.

桃花潭(도화담): 안휘성 경현 서남쪽에 명소로 알려진 연못 이름.

及(급): 미칠 급. 미치다. 이르다. 도달하다.

시문의 끝 두 구절은 그 당시의 상황과 이백의 감동을 담아냈다. 물이 아무리 깊다 한들 어떻게 사람을 그리는 마음에 비할 수 있단 말인가. 사람과 사람의 정. 아쉬움이 남아 차마 붙잡지도 못하고 떠나보내는 사람의 마음은 떠나는 이에게도 전해지기 마련이다. 이백도 왕륜의 그러한 마음을 느끼고 감동해서 시

한 수를 술술 써내려갔다. 천하의 이백 덕분에 왕륜이라는 사람은 당시의 유명한 정치가, 문학가, 사상가보다 더 역사에 길이 남는 인물이 되었다. 왜냐하면 이백의 시는 천오백 년이 흐른 지금까지도 사람들의 뇌리에 남아있기 때문이다.

왕륜과 이백에 얽힌 이야기

원매(袁枚)의 『수원시화보유(隨園詩話補遺)』에서 전하는 이야기가 있다. 전혀 일면식(一面識)이 없는 왕륜이 이백에게 경현에 유람하러 오라고 권하는 편지의 일부분이다.

"당신은 유람을 좋아하시죠? 여기는 십리도화(十里桃花)가 있소. 술 마시기 좋아하죠? 이곳에 만집술집(萬家酒店)이 있소이다."

이백은 얼씨구나 하고 기꺼이 찾아갔다. 도원 술집이 어디냐고 물으니 왕륜 왈,

"도화(桃花)는 못의 이름이고 만가(萬家)는 가게 주인의 성이 만(萬)이지 술집이 만 집이 아니올시다."

이에 이백은 크게 웃고는 며칠 묵었다고 한다.

중국 정치인들의 한시 사랑은 유별나다. 외교 석상에서 한두

구절을 인용해 분위기를 부드럽게 하는 것은 물론 '품격 있게' 메시지를 전하는 수단으로 삼기도 한다. 이 같은 습성을 잘 알던 자크 시라크 전 프랑스 대통령은 2006년 1월 중국 쓰촨성에서 열린 '국제이백문화여유절'에 축하 메시지로 이백의 「증왕륜(贈汪倫)」을 보냈다. '도화담 물 깊이가 천 길이나 되지만 나를 보내는 왕륜의 정에는 미치지 못하리'라는 시구로 프랑스와 중국의 관계가 그만큼 깊다는 것을 문화예술의 나라 대통령답게 표현했다는 평가를 받았다.

명구(名句)

桃花潭水深千尺 不及汪倫送我情

술에 대한 정의를 굳이 내려 본다면

물론 우리의 선조들 역시 술에 대해서만큼은 빼놓을 수가 없겠지만 술에 대해서 중국만큼 할 얘기가 많은 나라가 있을까. 술은 정직한 친구라고도 한다. 마신 만큼 취하기 때문이다. 한번 만난 친구는 한잔을 주고받으면 좋은 친구가 되고 잔소리도 콧노래로 들리게 하는 착한 놈이라고 하는데, 할 일 없는 백수도 한잔하면 백만장자가 되고 내일 삼수갑산에 갈망정 마시는 순간만큼은 최고다!

'사흘에 한 번 마시면 금이요, 밤에 마시는 술은 은이요, 낮에 마시는 술은 구리요, 아침에 마시는 술은 납이라네.' 탈무드에 있는 말이다. 팔만대장경에도 '술은 번뇌의 아버지요, 더러운 것들의 어머니'란 구절이 있다. 마시면 신나고, 시름 잊고 행복한 듯 어울려 한잔하는 재미는 흥을 돋우는 촉매제다. 누가 음주를 탓할 것인가.

술의 양은 한 병은 이 선생, 두 병은 이 형, 세 병은 여보게, 네 병은 어이, 다섯 병은 야, 여섯 병은 이 새끼, 일곱 병은 파출소, 여덟 병은 병원 응급실 행이라는 말이 그냥 나온 말은 아니지 않을까.

사령(四靈)이란?

사령(四靈) 또는 사서(四瑞)라고 하는데 『예기(禮記)』 「예운편」에 기록된 전설상의 네 가지 신령과 싱시로운 동물인 기린(麒麟), 봉황(鳳凰), 영귀(靈龜), 용(龍)을 가리킨다. 기린은 신의를 상징하고 봉황은 평안을 상징하며, 영귀는 길흉을 예지하고 용은 변환을 상징한다고 한다. 짧게 린(麟)·봉(鳳)·귀(龜)·용(龍)이라고도 한다.

4장

국정농단,
예나 지금이나

두꺼비가 둥근 형상을 먹어버리니
휘영청 밤도 이미 기울어졌네

登金陵鳳凰臺

금릉 봉황대를 오르며

봉황대 위에 봉황이 노닐더니

봉황이 떠나니 누대는 비어있고 강물만 절로 흐르누나

오나라 궁전의 화초는 그윽한 길에 묻혀있고

진나라 의관은 옛 무덤을 이루고 있네

삼산은 푸른 하늘 밖에 반쯤 걸쳐있고

두 줄기 물이 백로주로 나뉘어져 있구나

언제나 떠있는 구름이 하늘을 가리고 있어

장안은 보이지 않으니 근심만 쌓이게 하는구나

鳳凰臺上鳳凰遊

鳳去臺空江自流

吳宮花草埋幽徑

晉代衣冠成古丘

三山半落靑天外

二水中分白鷺洲

總爲浮雲能蔽日

長安不見使人愁

배경

이백이 무한의 황학루에 올라 장강의 풍치에 매료되어 붓을 들고 시를 지으려다 이미 최호가 누벽에 쓴 「황학루(黃鶴樓)」란 시를 읽어보고는 감탄하여 붓을 꺾었다는 일화가 있다. 그 후 마음속에 담아 두었던 최호의 명작 「황학루」와 겨뤄보고자 봉황대에 올라 지은 시다. 이 때가 간신 고역사의 참언에 의해 조정에서 쫓겨나 방황하던 시기다.

어휘

金陵(금릉): 지금의 강소성 남경시.

鳳凰臺(봉황대): 육조의 송대에 남경성 서남쪽 산에 아름다운 새들이 많이 깃들어 사람들이 봉황이라 부르고, 이 곳에 높이 대를 쌓아 봉황대라 이름 지었다.

三山(삼산): 남경 서산에 있는 산.

浮雲(부운): 뜬구름. 천자의 총기를 흐리게 하는 간신배들을 비유.

日(일): 해. 하늘. 천자의 상징.

埋(매): 묻을 매. 덮다. 묻다.

幽徑(유경): 그윽할 유, 길 경. 한적한 오솔길.

丘(구): 언덕 구. 무덤.

蔽(폐): 덮을 폐. 가리다.

해설

옛날에 봉황대에는 봉황이 날아와 노닐었다고 하는데 지금은 봉황은 가버렸고 봉황대만 덩그러니 놓여있고 앞에는 장강만이 유유히 흐르고 있을 뿐이다. 이곳이 오나라 궁궐이 있던 곳이라 그 당시에는 많은 궁녀들이 아름다움을 자랑했겠지만 지금은 다 죽어 땅속에 묻혀있고, 진나라 때는 수많은 관리들이 부귀영화를 누렸겠지만 역시 지금은 무덤 속에 잠들어있을 뿐이다. 여기까지의 전반부에서 작가는 인생의 무상함을 느끼고 있다.

후반부에서 세 개의 산은 푸른 하늘 밖에 반쯤 걸쳐 있으니 마치 하늘에서 떨어지다가 구름에 얹혀있는 것 같고, 진수와 회수 두 강은 가운데가 백로주에서 나뉘어 흐르고 있다.

언제나 떠다니는 구름이 해를 가려 장안이 보이지 않게 되자 근심만 가득하게 되는구나. 구름은 고역사를 비롯한 간신들, 해는 황제인 당 현종, 장안은 임금의 총기를 말한다. 즉, 간신들이

득세하여 임금의 총기를 가리고 있으니 깊은 시름에 잠기게 된다는 우국충정의 심정을 노래하고 있다.

명구(名句)

總爲浮雲能蔽日 長安不見使人愁

古朗月行

옛 밝은 달 타령

어려서는 달을 몰라서

흰 옥쟁반이라 불렀네

또는 요대의 거울인가

날아서 푸른 구름가에 걸려있네

신선이 두 발을 늘어뜨리고

계수나무는 어찌나 둥글던지

하얀 토끼가 약을 빻아 만들기에

누구에게 먹이려느냐고 물어보았지

두꺼비가 둥근 형상을 먹어버리니

휘영청 밤도 이미 기울어졌네

예가 옛날에 아홉 까마귀를 떨어뜨리니

하늘과 사람이 맑아지고 또한 편안해졌네

음의 정기가 이처럼 사라져 어두우니

가는 곳마다 볼 것이 없어졌네

근심이 오니 어찌하겠는가

애석하게도 마음과 간장을 꺾어놓는구려

小時不識月

呼作白玉盤

又疑瑤臺鏡

飛在青雲端

仙人垂兩足

桂樹何團團

白兔搗藥成

問言與誰餐

蟾蜍蝕圓影

大明夜已殘

羿昔落九烏

天人清且安

陰精此淪惑

去去不足觀

憂來其如何

凄愴摧心肝

배경

밝은 달에서 시흥을 이끌어내었다. 달이 기울어짐을 임금의
성총을 어지럽히는 간신배들에 비유하면서 힐난하고자 했다.

어휘

瑤臺(요대): 신선이 산다는 누대.

團團(단단): 둥그런 모양.

蟾蜍(섬여): 두꺼비 섬, 두꺼비 여. 옛날 달 속에 두꺼비가 있다
는 전설에 따라 달의 별칭으로도 사용함.

羿(예): 사람이름 예. 하나라 대에 유궁국의 군주로 활을 잘 쏘
았다 함. 태고시대 요 임금 때 열 개의 태양이 한꺼번에 빛나서
초목이 다 말라 죽었다. 이에 요는 예를 시켜 아홉 개의 태양을
쏘아 그 안에 살고 있던 까마귀를 죽였다 함.

陰精(음정): 달의 정기. 여기서는 달의 별칭으로 사용.

憂(우): 근심 우.

凄愴(처참): 쓸쓸할 처, 슬퍼할 참. 처참하다. 비통하다. 몹시
슬프다.

摧(최): 꺾을 최. 부러뜨리다. 무너뜨리다.

해설

　이백이 어렸을 때를 회고하면서 달을 읊은 시이다. 초반에는 달의 모습을 그리고 중반에는 달에 관한 전설을, 마지막 부분에는 더는 달을 보지 못하는 아쉬운 심정을 나타냈다. 여기에서 주목해야 하는 부분은 끝부분이다. 이지러진 달, 즉 사라져 어두워져 더는 달을 볼 수 없다는 구절은 상징적 의미를 부여하고 있다. 천자의 정기를 흐리게 하여 조정을 어지럽히는 간신배들의 행태를 풍자했다고 볼 수 있다. 즉 달은 천자로, 두꺼비는 간신배로 묘사하여 두꺼비가 야금야금 갉아먹어서 달이 이지러지는 것을 염려했다.

　이백은 달을 신선이 살고 있다는 요대(瑤臺)에서 선녀가 쓰던 거울로 착각해 아마도 그 속에서 신선이 한가롭게 두 다리를 뻗고 앉았고 토끼는 불사약(不死藥)을 찧고 있을 것이라고 여겼던 것이다.

당 현종(唐 玄宗)

당나라의 제6대 황제(재위 712~756)로 재위 기간 동안 두 개의 연호를 사용했다.

전기 연호인 개원(開元)시대(712~741)에는 3대 황제 태종의 정관의 치(貞觀之治)를 무색케 할 정도로 개원의 치(開元之治)로서 성군의 반열에 올랐는데, 안으로는 민생 안정을 꾀하고 경제를 충실히 했으며 신병제를 정비했다. 또한 밖으로는 국경지대 방비를 튼튼히 하는 등 수십 년의 태평천하를 구가했다.

그러나 노년기에 접어든 천보(天寶)시대(742~756)에 들어와서는 정치를 등한히 하고 도교에 빠져 막대한 국비를 소비했다. 특히 자신의 며느리이자 35세나 연하인 양귀비(楊貴妃)를 궁내로 끌어들인 뒤 정사를 포기하다시피 했고 국정은 권신 이임보가 대신 맡아보게 했다. 755년 안녹산의 난이 일어나 쓰촨으로 난을 피해 가던 중에 양귀비는 호위 병사에게 살해되고 이듬해 아들 숙종에게 양위하고 상황(上皇)이 되어 은거했으며 장안으로 돌아온 뒤 죽었다. 결국 양귀비한테 빠져 국정의 몰락을 자초한 셈이다.

■ 양귀비와의 관계는?

양귀비는 17세 때 현종의 제18왕자 수왕(壽王)의 비가 됐다. 현종이 총애하던 무혜비(武惠妃)가 죽자 황제의 뜻에 맞는 여인이 없어 물색하던 중 수왕비의 아름다움을 진언하는 자가 있어 황제가 온천궁(溫泉宮)에 간 기회에 총애를 받게 됐다고 전해지고 있다. 그래서 수왕의 저택을 나와 태진(太眞)이란 이름의 여도사가 되어 세인의 눈을 피하면서 차차 황제와 결합했으며 27세 때 정식으로 귀비로 책립되기에 이른다. 이때 현종의 나이 62세로 막장이라면 막장인데, 무혜비의 아들이 수왕이기 때문이다. 즉 원래 총비였던 시어머니가 죽자 며느리가 그 자리를 계승한 꼴로 사실상 막장의 원조라고 해도 과언이 아니었다.

■ 양귀비와 안록산은?

당 현종 시대의 총신 안록산은 정말 황당한 인물이었다. 그는 자신에 대한 황제의 은총을 더욱 공고히 하기 위해 자기보다 열 살도 넘게 어린 양귀비를 기꺼이 양어머니로 받들었다. 이때 양귀비는 30살이 안되었고 안록산은 40이 넘었다 한다.

바로 여기에서 호가호위(狐假虎威)라는 어휘가 생각난다. 여우 주제에 호랑이를 등에 업고 설치는 자를 가리키는데 구시대의 관직사회에만 이런 자들이 있었을 리가 없다. 지금도 노예나 애완동물이라도 된 양 인간으로서 최소한의 자존심마저 버리고 권력자의 눈앞에서 알랑거리다가 떨어지는 떡고물을 받아먹으려고 설치는 자들이 어디 한 둘인가. 떡고물만 받아먹는 자들은 그래도 조금은 봐줄 만하다. 더 심각한 것은 권력을 등에 업고 설치면서 많은 사람들에게 피해를 입히는 자들로, 이들 때문에 세상은 혼란에 빠지고 만다. 그래도 이 정도만 해도 다행이다. 아예 국정 자체를 농단해버려 나라 전체를 헤어날 수 없는 깊은 수렁에 빠지게 하는 자들도 있지 않은가.

■ 아들보다 딸을 낳아야 호강?

물론 지금 시대에서도 널리 쓰이는 말이기는 하지만 백거이가 당 현종과 양귀비의 로맨스를 그린 「장한가(長恨歌)」에서 양귀비와 세 자매가 현종의 극진한 사랑을 받은 대목에서 유래했다.

양귀비는 다년간의 치세로 정치에 싫증난 황제의 마음을 사로잡아 궁중에서는 황후와 다름없는 대우를 받았고 세 자매까지 한국, 괵국, 진

국부인에 봉해졌다. 양귀비는 물론 그녀의 자매와 친족에게까지 내려진 현종의 후대를 가장 잘 표현한 것이 백거이의 「장한가」 중 '후궁에 빼어난 미녀 삼천 명 있었지만 삼천 명에 내릴 총애 한 사람에 내리네'와 '비로소 천하의 부모들이 아들보다 딸 낳기를 중히 여기네'라는 구절이다. 양귀비의 자매가 누린 부귀영화로 친척 오빠인 양국충 이하 많은 친척이 고관으로 발탁되었고 여러 친척이 황족과 통혼했다. 그녀가 남방 특산의 여지라는 과일을 좋아하자 그 뜻에 영합하려는 지방관이 급마(急馬)로 신선한 과일을 진상한 일화는 유명하다. 이런 지경이니 나라가 기울지 않을 리가 없다. 바야흐로 경국지색이라는 말을 제대로 느낄 수 있었던 대목임에 틀림없다.

■ 양귀비는 암내의 화신, 현종은 축농증?

야사이지만 양귀비는 겨드랑이 냄새가 심했다고 한다. 어느 정도였냐면 곁에 있던 시종이 솜으로 코를 막고 다닐 정도였으며 이 때문에 양귀비는 항상 향이 나는 주머니를 옆구리에 끼고 다녔다고 한다. 당 현종은 고질적인 축농증이 있어 양귀비의 암내를 몰랐다고 한다.

清平調 第1首

청평조 제1수

구름을 보니 옷이 생각나고 꽃을 보니 얼굴이 생각이 나네

봄바람이 난간을 가볍게 스치니 이슬이 더욱 농염하구나

만약 군옥산 꼭대기에서 보지 않았다면

아마 요대를 비추는 달빛 아래에서나 보았을 걸

雲想衣裳花想容

春風拂檻露華濃

若非群玉山頭見

會向瑤臺月下逢

배경

성당(盛唐) 시기 743년에 지은 것으로 유미(唯美)의 풍격을 지닌 시이다.

이백이 장안에서 한림학사로 지내던 743년의 어느 봄날에 현종이 양귀비와 함께 심향정에 나와 활짝 핀 모란꽃의 아름다움에 취해 있었다. 이러한 취흥을 이어가고자 기존의 시에 식상한 현종은 당장 이백을 불러들여 새로운 시를 지으라고 명하였다. 이때 술집에서 거나하게 취한 이백은 졸지에 부름을 받고 몸도 가누지 못한 상태에서 일필휘지로 양귀비의 자태를 화중지왕(花中之王) 모란에 비유하여 「청평조사」 3수를 지었다.

어휘

雲想衣裳(운상의상): 구름을 보면 그대, 양귀비의 옷이 연상됨.

拂檻(불함): 떨 불. 가볍게 스치고 지나가다. 난간 함.

露華(로화): 이슬의 반짝임. 노광(露光).

群玉山(군옥산): 신녀 서왕모가 산다는 곤륜산.

瑤臺(요대): 신선이 사는 곳.

逢(봉): 만날 봉.

해설

  양귀비의 아름다운 자태를 모란꽃에 비유하였다. 이백은 하늘의 채색 구름을 양귀비의 의상으로, 화려하게 핀 모란을 양귀비의 얼굴로 표현하는 등 양귀비의 자태에 대한 온갖 찬사를 쏟아부었다.

  또 양귀비를 '달 밝은 요대에서 만난 선녀'라며 절세미인인 선녀 서왕모로도 비유했다. 두 사람의 밀애장소로 군옥산과 요대를 제시한 것도 상상속의 신비로움을 더해준다. 과연 궁정시인에 걸맞은 아부의 극치다.

명구(名句)

雲想衣裳花想容

清平調 第2首
청평조 제2수

한 가지에 맺힌 농염한 이슬에 젖은 향기

무산에서의 운우는 공연히 애간장을 태우는구나

물어보세 한나라 궁에서 누가 비할 수 있을까

가련한 조비연조차도 새롭게 화장에 기대야 하리오

一枝濃艶露凝香
雲雨巫山枉斷腸
借問漢宮誰得似
可憐飛燕倚新粧

어휘

濃艷(농염): 짙을 농. 아름다울 염. 사람을 흘릴 만큼 아름다움. 요염.

雲雨(운우): 구름과 비. 남녀 간의 화합.

巫山(무산): 중경시 무산현에 있는 산. 옛 초나라 양왕이 고당을 유람하다가 지쳐서 낮잠이 들었는데, 꿈에서 한 부인이 나타나 말하기를 "첩은 무산의 여자인데 왕께서 고당에 노니신다는 말을 듣고서 자리와 베개로써 모시기를 바라나이다." 하고는 떠나면서 아침에는 구름이 되고 저녁에는 비가 된다는 이야기에서 유래.

枉(왕): 굽을 왕. 굽히어 나아가다. 헛되이, 공연히.

斷腸(단장): 창자가 끊어질 듯이 슬픔. '양왕이 꿈에 겪은 일이라 애태운다'는 뜻.

借問(가문): 빌릴 차. 물어봅시다.

可憐(가련): 불쌍히 여길 련. 가련하다. 사랑스럽다.

飛燕(비연): 한나라 성제의 후궁인 조비연. 미인에다가 가무에 능하며 몸이 가벼워 손바닥 위에서 춤추었다 함.

해설

　무산 선녀의 조운모우(朝云暮雨) 고사를 통해 초나라 양왕이 여신 때문에 애간장을 태웠던 일을 거론하며 현종 역시 양귀비에 대한 무한한 마음을 애타게 표현했다. 그리고 한나라 궁전의 미녀들 중에서 그 누가 양귀비와 견줄 수 있을까? 아마 조비연이 새롭게 단장하고 나오면 모를까? 그래도 양귀비와는 비교가 안 된다는 내용이다. 양귀비는 화장발 없이도 아름답다는 것을 부각시키고 있는데, 제1수에 이어 양귀비의 아름다움을 극찬한 것이다.

명구(名句)

雲雨巫山枉斷腸

床前看月光
举头望明月
低头思故乡

李白《静夜思》五月夜
思乡仍见实有此
举意画作此番时
此京华之甚
梧峒　维章

중국 4대 미인

• 서시(西施): 침어(浸魚)는 춘추시대 월나라 미인 서시를 지칭한 것. 서시가 호수에 얼굴을 비추니 물고기들이 넋을 잃고 헤엄치는 것을 잊어 그대로 가라앉아버렸다고 한다.

• 왕소군(王昭君): 낙안(落雁)은 한나라의 왕소군을 지칭한 것. 기러기가 하늘을 날아가다 왕소군을 보고 날갯짓하는 것을 잊어버려 추락했다고 한다.

• 초선(貂蟬): 폐월(閉月)은 삼국지에 나오는 초선을 지칭한 것.. 달이 부끄러워 구름 뒤로 숨을 정도의 미인이라는 뜻이다.

• 양귀비(楊貴妃): 수화(羞花)는 당나라 현종의 애첩인 양귀비를 지칭한 것. 꽃들이 부끄러워 고개를 숙인다는 뜻으로 경국지색(傾國之色)의 주인공이다.

세계에서 가장 많은 성씨(姓氏)

• 중국의 5대 성씨: 이(李), 왕(王), 장(張), 유(劉), 진(陳)이며 이 씨가 7.4%로 9,600만 명이다.

• 한국의 5대 성씨: 김(金), 이(李), 박(朴), 최(崔), 정(鄭)이며 이 씨가 14.8%로 679만 명이다.

한국과 중국의 이 씨(李氏) 성을 합치면 1억 명이 넘어 세계에서 가장 많은 성씨가 된다.

한국은 이름에 큰 대(大)자나 클 태(太)자 등을 써서 앞으로 큰 인물이 되기를 기대하는 데 반해 중국에서는 이름에 작을 소(小)자, 적을 소(少)자를 써서 겸손의 미덕을 내세우는 게 아닌가 싶다. 소 자가 들어가는 이름에는 이소룡(李小龍), 등소평(鄧小平), 유소기(劉少奇) 등이 있고 두보의 호(號)도 소릉(少陵)이다.

清平調 第3首

청평조 제3수

이름난 꽃과 미인이 서로 만나니 기뻐하고

오랫동안 군왕은 미소를 띠며 바라보네

봄바람은 무한히 한을 녹여버리고

침향정 북쪽 난간에 기대어 서있네

名花傾國兩相歡

長得君王帶笑看

解釋春風無限恨

沈香亭北倚欄干

어휘

名花(명화): 이름난 꽃, 곧 모란을 뜻함. 모란은 화중지왕(花中之王), 즉 꽃 중의 왕이라 불리며 나라의 최고의 미녀요, 가장 빼어난 향기를 자랑한다는 '국색천향(國色天香)'이라고도 부름.

傾國(경국): 나라를 기울게 함. 임금이 혹 빠져 나라가 망해가도 모를 미인을 일컬음. 곧 경국지색(傾國之色). 여기서는 양귀비를 말함.

兩相歡(양상환): 둘 서로 좋아함

解釋(해석): 녹여버리다. 풀어버리다.

沈香亭(심향정): 당 현종의 궁중 흥경지 동쪽의 정자로 대궐의 모란을 여기에 옮겨 심고 양귀비와 꽃구경하며 즐기던 곳. 열대에서 나는 향나무인 심향(沈香)으로 지었음.

欄干(난간): 난간 란, 막을 간.

해설

모란꽃과 양귀비에 이어 현종까지 개입시켜 꽃 중의 꽃, 미녀중의 미녀를 곁에 두고 언제나 아름다움을 만끽할 수 있는 군왕의 흡족한 심리 상태를 묘사했다. 모란도 좋고 양귀비도 좋아 봄바람에 모든 시름을 다 날려버리고 심향정 난간에 기대어 흐뭇한 미소를 짓고 있는 현종의 얼굴을 떠올리게 한다.

총평

「청평조사」총 3수는 시어 하나하나가 짙은 색감을 가지고 있고, 한 자 한 자가 모두 유창하다. 현종이 만족하며 극찬하였다고 하는 이 작품은 지면에 봄빛과 꽃이 가득하여 독자의 감탄을 연발하게 한다.

글자 그대로 해석하면 현종과 양귀비에 대한 아부의 극치를 달리고 있다. 한 나라의 최고 권력자인 당 현종이 한 나라의 최고의 미녀인 양귀비와 놀아나는 꼬락서니를 입에 침이 마르도록 아첨한 시이다. 이에 당 현종은 시어가 격조 있고 음률이 생동감 있다고 칭찬을 아끼지 않으며 악공 이귀년에게 즉시 곡을 만들도록 했다. 이 때 당 현종은 이백이 자신이 총애하는 양귀비를 한나라 성제의 후궁인 조비연에 빗대어 쓴 것에 대하여 전혀 낌새를 차리지 못했다. 그저 양귀비 미모에 대한 극찬으로만 알았고 양귀비 역시 매우 만족하여 당 현종에게 감사의 뜻을 표시하기도 했지만 후에 간신배 고력사의 평을 듣고는 현종에게 모함하여 이백을 궁궐에서 쫓겨나게 했다.

그렇다. 행간을 들여다보면 이백만의 필치로 숨겨져 있는 깊은 뜻이 내포되어 있다. 제2수의 조비연이 누구인가? 자신의 미모와 흉악한 계략으로 한나라 성제를 손아귀에 넣고 한 시절을 희희낙락한 음탕하고 잔악한 악녀가 아닌가? 한나라를 대표하는 미인상으로 일컬어지지만 악행과 문란한 행위로 역시에 오점을 남긴 여인이다. 그러한 조비연을 빗대어 '양귀비 당신이 바로 조비연이다' 하는 뜻을 에둘러 표현한 그 구절이 「청평조사」 3수의 시에 시대의 심장이 뛰도록 생명을 불어넣었던 것이고, 대대로 역사 속에서 청신하게 살아남아 영생하여 이백을 천하의 시인으로서 이름을 휘날리게 했다. 어찌 감히 최고의 권력자인 현종, 양귀비, 고력사 앞에서 이와 같이 풍자로서 조롱할 수 있단 말인가?

그리고 제3수 에서도 '경국'이라는 어휘를 사용함으로써 양귀비의 사치스럽고 방탕한 행각에 우려를 표시하고, 황제와 나라의 장래에 대한 염려를 넌지시 비춘 사실을 간과할 수 없다. 과연 이백이 우려한 대로 얼마 안 있어 안록산의 난 때 양귀비, 고력사, 양국충은 비참한 최후를 맞이하기에 이르렀다.

문득 김영랑 시인의 「모란이 피기까지는」의 구절이 생각난다.

모란이 피기까지는

나는 아직 나의 봄을 기다리고 있을 테요

모란이 뚝뚝 떨어져버린 날

나는 비로소 봄을 여읜 설움에 잠길 테요

명구(名句)

名花傾國兩相歡

5장

인생사 어려워

큰 바람을 타고 힘껏 파도를 헤쳐나갈 때가 오면
곧 구름 돛 곧게 올리고 푸른 바다를 건너가리다

行路難 第1首

인생길 험난하여라 제1수

∴ 중국 중학교 교과서 수록

금잔에 맑은 술 한 말에 만 냥이고

옥쟁반에 진수성찬 만전이라 하네

잔 멈추고 젓가락 놓으니 먹지 못한 채

칼 뽑아 사방 둘러보니 마음만 망연하구나

황하를 건너려니 얼음이 내를 가로막고

태행산에 오르려 하니 눈이 하늘을 덮는구나

한가하게 푸른 시냇가에서 낚시나 드리우다

문득 다시 배 타고 꿈꾸면 장안일세

인생길 어렵다, 어려워

여러 갈림길이 있는데 지금 나는 어디에 와있는가

큰 바람을 타고 힘껏 파도를 헤쳐나갈 때가 오면

곧 구름 돛 곧게 올리고 푸른 바다를 건너가리다

金樽淸酒斗十千

玉盤珍羞直萬錢

停杯投箸不能食

拔劍四顧心茫然

欲渡黃河氷塞川

將登太行雪暗天

閑來垂釣碧溪上

忽復乘舟夢日邊

行路難 行路難

多岐路 今安在

長風破浪會有時

直掛雲帆濟滄海

배경

한때 화려했던 궁궐생활을 양귀비와 고력사의 참소로 청산하고 야인으로 돌아와 울분에 찬 심정을 토해낸 것이다. 그러나 권토중래(捲土重來)하여 기회가 찾아오면 끝내 대망을 이루겠다는 굳건한 결의를 표현하고자 하였다.

어휘

行路難(행로난): 인생행로의 어려움을 노래한 가요.

樽(준): 술통. 술잔. 술 단지.

斗十千(두십천): 술 한 말에 일만 전.

投箸(투저): 던질 투, 젓가락 저.

太行(태행): 산서와 하북, 하남의 경계를 이루는 산맥.

日邊(일변): 해가 돋는 부근. 황제가 있는 곳, 즉 장안.

岐路(기로): 갈릴 기. 갈림길.

安(안): 고어) 어디에.

今安在(금안재): 지금 어디에 있는가.

破浪(파랑): 파도를 헤치다.

滄海(창해): 검푸르고 넓은 바다. 망망대해.

해설

화려했던 궁정생활을 모함과 참소로 청산하고 울분을 달래고자 하였다. 그러나 장안에의 미련은 못 버려 권토중래하려는 심정을 그렸다. 때가 되면 다시 진출하여 임금의 총기를 가리는 간신배들을 몰아내어 백성들을 구제하고자 하는 거대한 야망이 내포되었다. 여기서 이백은 수많은 역경이 닥쳐와도 우리의 뜻과 희망을 잃어서는 안 되며 앞을 향해 더욱 의연히 나아갈 것을 설파하였다. 이런 의미에서 이 시는 우리를 전진케 하는 영원한 격려시인 것이다. '장풍아 불어다오. 큰 파도를 헤쳐 나갈 때가 되면 큰 돛 달고 거침없이 나아가리다.' 2014년 7월 시진핑 중국국가주석이 방한 시 서울대 특별강연에서 한중관계를 묻는 질문에 이렇게 대답했다. "우호 협력의 돛을 함께 달고 원원(Win-Win)의 방향으로 항해한다면 바람을 타고 험한 파도를 헤치며 평화와 번영의 미래로 나아갈 것을 확신합니다."

바로 '長風破浪會有時 直掛雲帆濟滄海' 구절을 인용한 것이다. 이와 같이 중국의 엘리트 계층, 특히 최고 지도부는 당시의 명구절을 인용하는 것을 대단한 자부심으로 여기고 있다. 당시가 바로 그들 오천 년 역사의 자존심이기 때문이다.

長風破浪會有時 直掛雲帆濟滄海

십족을 멸하라?

명 3대 황제 영락제가 조카인 2대 건문제를 폐위하고 황제로 즉위할 때 자기의 정당성을 백성에게 알리기 위해 당시 대 유학자인 방효유에게 조서를 쓰라고 몇 번에 걸쳐 간곡히 청했다. 계속 거부하던 방효유가 마지막으로 쓴 네 글자는 무엇이었을까? 바로 '연적찬위(燕賊簒位: 연나라의 역적이 제위를 찬탈하다)'였다.

이 네 글자에 크게 진노한 연왕 영락제가 "너의 죄가 구족에 미치더라도 계속 고집을 부리겠는가?"라고 했고, 이에 방효유가 "구족이 아닌 십족을 멸족시킨다고 해도 내 뜻을 꺾을 수는 없다!"라고 대답하는 바람에 영락제가 "십족을 멸하라!"고 명해 방효유의 씨를 말렸다는 이야기다.

일반적으로 역적을 멸할 때 조선시대에는 삼족, 명나라는 구족이 처형되었는데 여기에 1족을 추가하여 전무후무한 '십족'이라는 개념이 만들어진 셈이다. 구족(친가 4족, 외가 3족, 처가 2족)에 친구와 문하생을 포함시켜서 십족으로 일컬어졌다고 한다. 방효유의 '십족'으로 총 847명이 모두 방효유의 눈앞에서 처형됐다고 전해진다.

영락제는 동시대 인물인 조선의 태종 이방원과 뛰어난 자질과 무사 기질을 가지고 친족을 척살하면서까지 재위에 오를 정도로 냉혹한 모습에서 비슷한 면모가 많았다. 또 혹자는 조카를 죽이고 재위를 찬탈했다는 점에서 조선의 세조와 비교하기도 한다.

路難 第3首

인생길 험난하여라 제3수

귀 있다고 영천수에 씻지 말고

입 있다고 수양산 고사리 먹지 마라

재주 감추고 세상에 섞인 무명이 귀하거니와

고고함을 구름과 달에 비해 무엇에 쓰랴

내가 예부터 현인달사를 살펴보매

공을 세우고 물러나지 않아 모두 죽나니

오자서는 벌써 오강 위에 버려지고

굴원은 끝내 상강가에서 투신하네

육기는 비록 재주는 있으나 어찌 제 몸을 지켰나

이사는 벼슬 버림을 제때 이루지 못해 (결국 죽음을 당함)

화정의 학 울음소리 어찌 들을 수 있으며

상채의 참매야 말할 나위 없더라

그대여 보지 못했는가

오에서 장한을 달생이라 칭하는데

추풍에 홀연 강동 생각이 나 돌아가네

또한 살아생전 한 잔 술 즐겨야지

죽은 뒤 오랜 명성 무슨 필요가 있는가

有耳莫洗潁川水

有口莫食首陽蕨

含光混世貴無名

何用孤高比雲月

吾觀自古賢達人

功成不退皆殞身

子胥既棄吳江上

屈原終投湘水濱

陸機雄才豈自保

李斯稅駕苦不早

華亭鶴唳詎可聞

上蔡蒼鷹何足道

君不見

吳中張翰稱達生

秋風忽憶江東行

且樂生前一杯酒

何須身後千載名

어휘

有耳莫洗穎川水: 요임금이 허유에게 임금 자리를 물려주겠다고 하자 허유는 더러운 말을 들었다고 영천수에 귀를 씻고 기산에 들어가 은거하였다.

有口莫食首陽蕨: 주무왕이 은나라 주왕을 쳐서 멸하자 백이와 숙제 형제가 신하가 임금을 내쫓았으니 주나라 곡식을 먹을수 없다고 수양산에 들어가 고사리만 먹고 살다가 굶어 죽었다.

蕨(궐): 고사리 궐.

含(함): 숨길 함.

何用孤高比雲月: 옛 성현들(허유, 백이, 숙제)과 같이 구름과 달처럼 고고하게 사는 게 무슨 소용이 있겠느냐? 그냥 세상 사람들과 더불어 예사로이 살면 그만인 것을.

吾(오): 나·우리 오.

殞(운): 죽을 운.

子胥(자서): 초나라 사람 오자서. 춘추시대 오나라 왕 합려를도와 강대국을 만들었으나, 그 아들 부차 때에 이르러서는 서시에게 홀리지 말 것을 간하였다가 자결을 명받아 죽었다.

屈原(굴원): 중국 전국시대의 정치가이자 비극 시인. 혼란했던 전국시대 말엽에 정치적으로 불우했던 자신의 신세를 주옥 같은 언어로 표현하였고, 이런 그의 작품들이 후세에 초사(楚辭)로 불리게 되었다.

濱(빈): 물가 빈.

陸機(육기): 서진 시기의 관리이자 문학가, 서법가(書法家). 서진에서 관리로 승승장구하다가 팔왕지난(八王之亂: 서진의 제위 계승 문제를 둘러싸고 벌어진 황족들의 대결이 내란으로 번진 것.) 때에 삼족이 멸족되었다.

豈(기): 어찌 기.

李斯(이사): 전국시대 말기 초나라 상채 사람. 진시황이 6국을 통일하는 데 모략과 정책을 제시하여 진 제국의 건립과 중국의 대통일에 큰 공을 세웠다. 그러나 그의 인품은 바르지 못했다. 그는 명리를 좇았고, 이익 앞에서 의리를 잊었다. 진시황이 죽은 뒤 조고에게 매수된 2세 호해를 위해 옳지 못한 일을 저질렀으며, 끝내는 조고의 모함에 빠져 자신의 몸을 망치고 말았다.

稅駕(세가): 휴식을 취하다. 벼슬을 내려놓다.

華亭(화정): 지금의 강소성 송강현 서쪽의 평원촌인데 육기의 형제가 일찍이 여기에서 놀았음.

鉅(거): 어찌 거.

張翰(장한): 진나라 2대 황제 혜제(사마충) 때 대사마동조연 등을 지낸 관리. 8왕의 난으로 천하가 불안하자 장한은 사마경이 곧 패망할 것을 예측하고 벼슬에서 물러나 고향으로 돌아가 한적한 생활을 즐겼다.

達生(달생): 생을 순조롭게 함.

忽憶(홀억): 갑자기 생각나다.

해설

이 시에서 이백의 넓고 활달함과 낭만의 정신을 볼 수 있어 이전의 우울함과 고민이 한꺼번에 씻기는 듯하다. 이백이 크게 깨달은 것은 '공을 세우고 물러나지 않으면 모두 죽는다(功成不退皆殞身)'로 세상사 암시하는 바가 크다 하겠다. 공을 세우고 얼마간 부귀영화를 누렸으면 물러날 줄을 알아야지 끝까지 눌러 앉으려고 하는 게 비극의 시작이다. 이를 역사적인 인물인 오자서, 굴원, 육기, 이사 등이 천수를 마치지 못했음을 예로 들었다.

또 허유, 백이 등을 닮고자 분수에 지나치도록 고고하여 널리 천년의 아름다운 이름을 얻기도 원하지 않았다. 결국 장한처럼

'살아생전 한 잔 술 즐겨야지, 죽은 뒤 오랜 명성 무슨 필요가 있는가(且樂生前一杯酒 何須身後千載名)' 하는 것이 이백이 진실로 갈구하는 삶인 것이다.

> **명구**
>
> 且樂生前一杯酒 何須身後千載名

關山月

관산에 떠있는 달

밝은 달이 천산에서 나와

망망한 구름바다에 떠있네

장풍이 몇 만 리를

불어 옥문관을 지났네

한나라는 백등산 길을 내려오고

오랑캐는 청해만을 노리고 있네

본래가 전쟁터라

돌아오는 사람 보이지가 않는구나

지키는 병사들 변방의 형세를 바라보고는

돌아갈 생각에 괴로움 가득한 얼굴들

높은 누각에 올라와 있는 이 밤

탄식 소리 응당 그치지를 않는구나

明月出天山

蒼茫雲海間

長風幾萬里

吹度玉門關

漢下白登道

胡窺靑海灣

由來征戰地

不見有人還

戍客望邊色

思歸多苦顔

高樓當此夜

嘆息未應閑

배경

이백이 변방에 가서 병사들의 참상을 직접 목도하면서 전쟁으로 인한 이별의 슬픔과 고통을 표현하고 있다.

어휘

天山(천산): 지금의 감숙성 북부에 있는 기련산을 가리킴.

蒼茫(창망): 푸르고 먼 모양.

玉門關(옥문관): 지금의 감숙성 돈황면 서쪽에 있는 관문.

漢下(한하): 한 고조의 출병을 말함.

白登(백등): 산서성 대동현 동쪽에 있는 백등산.

胡(호): 오랑캐 호. 흉노족.

窺(규): 엿볼 규. (구멍이나 틈으로)엿보다. 노리다.

靑海灣(청해만): 청해성 북동부에 있는 호수.

戌客(수객): 지킬 수. 수자리 사는 병사, 즉 국경수비대.

邊色(변색): 변방의 풍경. 변방의 형세.

해설

밝은 달이 높고도 험한 천산에서 떠올라 검푸르고 망망한 구름바다 사이에 모습을 드러내고 있고, 긴 골짜기 바람은 몇 만 리나 불어서 변방의 요새인 옥문관을 지나고 있다. 그리고 한 고조가 이끄는 병사들은 백등산 길을 내려오고 있고, 오랑캐는 호시탐탐 청해만을 노리는 팽팽한 대치상태다.

운해가 낀 이곳은 예로부터 전쟁터로 알려져 있어 살아 돌아온 그 어떤 사람도 보지 못하였네. 그래서 병사들은 더욱 불안하고 괴로운 것이다. 살아 돌아갈 수 없다는 생각에……. 변방을 지키는 원정군 병사들은 그 곳의 을씨년스러운 풍경을 바라보면서 혹시나 살아서 고향으로 돌아갈 것을 생각하니 얼굴 표정이 더욱 고통으로 일그러지는구나. 지금쯤 고향의 가족들도 이 밤에 높은 누각에 올라 언제 올까 기약 없는 기다림 속에 탄식하며 응당 잠 못 이루겠지.

이 시에서 이백은 변방에서의 병사들과 고향의 가족들의 상황을 대비시킴으로서 그리움의 고통을 더욱 간절하게 묘사하고 있다. 이백의 몇 안 되는 변색시(邊色詩) 중에서 가장 우수한 작품으로 평가받고 있다.

문득 두보의 싯구절이 생각이 난다. "사람을 죽이려면 먼저 말을 죽이고, 적을 잡으려면 먼저 적장을 잡아라." 병사들이 무

슨 죄가 있나? 옛날에 전쟁이란 위정자들의 싸움이다. 애꿎은 백성만 병사로 끌려와 평생을 희생당하는 것이다. 백성들은 누구의 나라가 되든 편안하게만 해주면 되느니라……. 지금도 지구촌 곳곳에서 전쟁이 끊이지를 않고 있다. 아! 난민들만 불쌍하구나.

秋浦歌 第14首

추포호에서 노래하며 제14수

화롯불은 천지를 밝히고

붉은 별똥이 자색 연기 속에서 튀는구나

붉게 그을린 사내가 밝은 달밤에

부르는 노랫가락, 차가운 냇가를 진동시키네

爐火照天地
紅星亂紫烟
赧郎明月夜
歌曲動寒川

만년에 귀양길에서 풀려나 추포에 와서 인생을 회생하면서 지은 연작시 추포가 17수 중 제14수이다.

어휘

秋浦(추포): 당나라 대에 선주(宣州)에 속했다가 뒤에 지주(池州)에 속했던 고을의 호수 지명. 지금의 안휘성 지주시 귀지구.
爐火(노화): 화로 로. 화롯불.
赧郎(난랑): 얼굴 붉힐 난, 사내 랑. 얼굴이 붉어진 사내.

해설

「추포가」는 총 17수로 이백이 벼슬생활을 그만둔 후 추포에서 생활하면서 강가의 평화로운 정경을 배경으로 숨길 수 없는 아픔을 읊은 시이다. 아무도 눈여겨보지 않는 토속적인 소재, 색채나 빛, 움직임과 노랫소리 등 일상에서 일어나는 소소한 것들을 이토록 아름답게 그려낼 수 있는 시인은 다시는 없을 것이다.

이번 14수에서는 쇳물을 부어 물건을 만드는 주조(鑄造) 과정을 노래한 것이다. 화롯불이 천지를 밝힌다는 표현을 보니 문득 어수선한 시국을 떠올리게 한다. 붉게 그을린 건장한 사내 몇 명의 노랫가락이 냇가에 울려 퍼지거늘 백만이나 되는 촛불이 어둠을 밝히고 우레와 같은 함성이 천지를 진동시키는데 어찌 거역할 수 없는 민심을 외면할 수 있단 말인가? 예나 지금이나 위정자는 오로지 백성 편에 서서 모든 것을 바라보아야 할지어다.

자고로 '민심은 천심'이라 했다. 지금의 위정자들이 민심을 제대로 알기나 하는 걸까? 위정자들이여! 제발 귀 기울이기를 간곡히 바란다.

사마천이 하늘에서 말한다. '가장 못난 정치란 백성과 다투는 정치'라고…….

중국의 UNESCO 세계유산

No	세계유산	분류	지정연도
1	둔황 막고굴 [Mogao Caves]	문화유산	1987년
2	만리장성 [The Great Wall]	문화유산	1987년
3	저우커우뎬유적 [Peking Man Site at Zhoukoudian]	문화유산	1987년
4	진시황릉 [Mausoleum of the First Qin Emperor]	문화유산	1987년
5	타이산 [Mount Taishan]	복합유산	1987년
6	쯔진청 [Imperial Palaces of the Ming and Qing Dynasties in Beijing and Shenyang]	문화유산	1987년 (2004년 확장 지정)
7	황산 [Mount Huangshan]	복합유산	1990년
8	우링위안 자연경관 및 역사지구 [Wulingyuan Scenic and Historic Interest Area]	자연유산	1992년
9	주자이거우 자연 경관 및 역사지구 [Jiuzhaigou Valley Scenic and Historic Interest Area]	자연유산	1992년
10	황룽자연경관 및 역사지구 [Huanglong Scenic and Historic Interest Area]	자연유산	1992년
11	우당산고대건축물군 [Ancient Building Complex in the Wudang Mountains]	문화유산	1994년
12	청더피서산장 [Mountain Resort and its Outlying Temples, Chengde]	문화유산	1994년
13	취푸 공자유적 [Temple and Cemetery of Confucius and the Kong Family Mansion in Qufu]	문화유산	1994년
14	라싸의 포탈라 궁과 전통 티베트 건축물 [Historic Ensemble of the Potala Palace, Lhasa]	문화유산	1994년 (2000년, 2001년 확장 지정)
15	루산국립공원 [Lushan National Park]	문화유산	1996년
16	어메이산과 러산대불 [Mount Emei Scenic Area, including Leshan Giant Buddha Scenic Area]	복합유산	1996년
17	리장 고대마을 [Old Town of Lijiang]	문화유산	1997년
18	핑야오 고대 도시 [Ancient City of Ping Yao]	문화유산	1997년
19	이허위안 [Summer Palace, an Imperial Garden in Beijing]	문화유산	1998년
20	천단 [Temple of Heaven: an Imperial Sacrificial Altar in Beijing]	문화유산	1998년
21	다쭈 암각군 [Dazu Rock Carvings]	문화유산	1999년
22	우이산 [Mount Wuyi]	복합유산	1999년
23	룽먼석굴 [Longmen Grottoes]	문화유산	2000년

No	세계유산	분류	지정연도
24	쑤저우 류위안 [Classical Gardens of Suzhou]	문화유산	2000년
25	안후이성 시디춘과 훙춘 전통마을 [Ancient Villages in Southern Anhui - Xidi and Hongcun]	문화유산	2000년
26	칭청산과 두장옌 수리 시설 [Mount Qingcheng and the Dujiangyan Irrigation System]	문화유산	2000년
27	명과 청 시대의 황릉 [Imperial Tombs of the Ming and Qing Dynasties]	문화유산	2000년 (2003년, 2004년 확장 지정)
28	윈강석굴 [Yungang Grottoes]	문화유산	2001년
29	윈난성 보호구역의 세 하천 [Three Parallel Rivers of Yunnan Protected Areas]	자연유산	2003년
30	고대 고구려 왕국의 수도와 묘지 [Capital Cities and Tombs of the Ancient Koguryo Kingdom]	문화유산	2004년
31	마카오 역사지구 [Historic Centre of Macao]	문화유산	2005년
32	쓰촨 자이언트 판다 보호구역 [Sichuan Giant Panda Sanctuaries - Wolong, Mt Siguniang and Jiajin Mountains]	자연유산	2006년
33	은허 [Yin Xu]	문화유산	2006년
34	카이핑 마을 [Kaiping Diaolou and Villages]	문화유산	2007년
35	중국 남부 카르스트 [South China Karst]	자연유산	2007년 (2014년 확장 지정)
36	싼칭산 [Mount Sanqingshan National Park]	자연유산	2008년
37	푸젠성 투러우 [Fujian Tulou]	문화유산	2008년
38	우타이산 [Mount Wutai]	문화유산	2009년
39	중국 단샤 [China Danxia]	자연유산	2010년
40	하늘과 땅의 중심의 허난성 덩펑 일대 유적지 [Historic Monuments of Dengfeng in "The Centre of Heaven and Earth"]	문화유산	2010년
41	항저우의 서호 문화경관 [West Lake Cultural Landscape of Hangzhou]	문화유산	2011년
42	상도유적 [Site of Xanadu]	문화유산	2012년
43	청장 화석유적 [Chengjiang Fossil Site]	자연유산	2012년
44	신장 톈산 [Xinjiang Tianshan]	자연유산	2013년
45	훙허하니 계단식 논 [Cultural Landscape of Honghe Hani Rice Terraces]	문화유산	2013년
46	대운하 [The Grand Canal]	문화유산	2014년
47	실크로드 1구역: 톈샨 지역 도로망 [Silk Roads: the Routes Network of Chang'an-Tianshan Corridor]	문화유산	2014년

秋浦歌 第15首

추포호에서 노래하며 제15수

백발이 삼천 장이라

근심 때문에 이처럼 길게 자랐나 보다

모르겠구나 거울 속을 보니

어디에서 가을 서리를 맞았는지를

白髮三千丈

緣愁似個長

不知明鏡裏

何處得秋霜

어휘

秋浦(추포): 당나라 대에 지주(池州)에 속한 호수의 지명. 지금의 안휘성 지주시 귀지구.

發(발): 머리카락. 두발.

丈(장): 길이의 단위(1장이 3.33m, 고로 3,000장은 9,990m).

緣(연): ~때문에. 이유. 연고.

愁(수): 시름. 걱정.

似(사): ~인 듯하다. 마치 ~와 같다.

似個(사개): 如此(여차)와 같은 뜻(이와 같이).

秋霜(추상): 가을 서리. 백발의 은유적 표현.

해설

'白發三千丈'은 백발이 삼천 장이나 자랐다는 과장법으로 대표적인 근심, 걱정을 나타내는 명구절이다. 어찌 백발이 삼천 장이나 되나? 단순히 과장이라기보다 그 상상력은 타의 추종을 불허한다. 누가 이런 말을 한다. '광인과 철학자와 시인은 동급'이라고……. 수심(愁心)이 그렇게 자랐다는 의미다. 수심을 현대적으로 해석하면 스트레스이다. 스트레스야 누구나 다 있겠지만 고향 떠난 객지에서 외롭게 생활하다 아침에 일어나 불현듯 거울을 보니 허옇게 서린 백발을 보고 깜짝 놀라서 '내가 이렇게 늙어 보잘것없는 노인네가 되었구나' 하는 원망 섞인 탄식이 저절로 나오고 있는 것이다.

백발을 가을 서리로 비유한 것은 이백도 인간인지라 오랜 방랑생활에서 오는 외로움과 쓸쓸함이 내면에 깔려있다고 하겠다.

> **명구(名句)**
>
> 白發三千丈

宣州謝朓樓
餞別校書叔雲

선주 사조루에서 교서랑인 숙부 이운을 전별하며

∴ 중국 중학교 교과서 수록

칼을 빼 들어 물을 베어도 물은 다시 흐르고

잔을 들어 근심을 없애도 근심은 역시 근심이로다

인생사 내 마음대로 되지를 않으니

내일 아침은 머리 풀어 헤치고 뱃놀이나 할까 하노라

抽刀斷水水更流

舉杯消愁愁更愁

人生在世不稱意

明朝散髮弄扁舟

어휘

宣州(선주): 지금의 안휘성 선성현.

謝朓樓(사조루): 남북조시대(223년~589년) 선주의 태수로 있던 사조가 세운 누각.

校書(교서): 서책을 검열하는 관직 이름.

抽(추): 뺄 추. 꺼내다. 빼다. 뽑다.

稱意(칭의): 어울릴 칭. 마음먹은 대로 되다.

散髮(산발): 발산하다. 내뿜다.

해설

날 버리고 떠난 어제, 붙잡을 수 없고

날 괴롭히는 오늘, 시름만 더할 뿐

끝없는 가을바람에 기러기 다시 날아오니

이 높은 누각에서 흠뻑 마셔 흥이나 취해보세

우리의 고달픈 인생사를 노래하는 것 같다. 예나 지금이나 처한 시대는 달라도 서민들 삶의 애환은 비슷한 거 같다. 칼로 물 벤다고 물이 갈라지나? 근심 없앤다고 술 먹어도 근심이 어디

가나? 세상살이 내 뜻대로 된 게 과연 얼마나 있겠는가. 매일 매일 삶의 무게에 짓눌려서 기 펴고 산 날이 과연 며칠이나 되겠는가? 내일 하루 만이라도 온갖 상념에서 벗어나 흥에 취해 놀아보면 어떨까?

> **명구**(名句)
>
> 抽刀斷水水更流 擧杯消愁愁更愁

6장

미소만 지을 뿐
마음만은 한가롭다네

무리 새가 높이 날아 사라지고
외로운 구름은 홀로 가는 게 한가롭구나

山中問答

산에서 묻고 답하다

그대에게 묻노니 어찌하여 이 푸른 산에서 사느냐고

단지 웃으며 답하진 않지만 마음만은 절로 한가롭네

복숭아꽃 물길 따라 묘연히 떠내려가니

바로 여기가 인간세상이 아닌 별천지라네

問余何事棲碧山
笑而不答心自閑
桃花流水杳然去
別有天地非人間

이백이 젊은 시절 은거하던 시기(이십대 후반)에 문답의 형식을 빌려 자연 속에 묻혀서 사는 생활의 즐거움, 세속을 벗어난 자연 속의 한가로운 삶을 표현한 작품이다.

어휘

余(여): 나 여.

何事(하사): 어떠한 일. 무슨 일.

碧山(벽산): 청산.

杳(묘): 아득할 묘.

杳然(묘연): 아득히 멀어 종적을 찾을 수 없음.

해설

이 시에서 작가는 산에 은거하여 생활하는 시인의 평안하고 유유자적한 심리를 자문자답하는 문답 형식을 빌려 드러내고 있다. 왜 푸른 산에서 사느냐, 말이 필요 없다. 그저 미소만 지을 뿐이다. 그 즐거움을 어찌 말로 구구절절 설명할 수 있으랴. 마음은 여유로운데 다시 말하면 말하지 않는 것이 말하는 것보다 나은 것이다. 산이 왜

좋으냐고 물으면 그냥 좋다고……. 단지 웃음만이 모든 것을 내포하고 있다. 마치 도인들이 이심전심으로 통하듯이…….

복숭아꽃은 도연명의 「도화원기(桃花源記)」 속 무릉도원을 연상하게 한다. 여기가 바로 인간이 사는 세속적인 삶에서 벗어나 신선이 사는 소위 별천지인 것이다. 계곡 사이의 물길에 둥둥 떠서 흘러가는 분홍빛 복숭아꽃은 환상을 자아내게 한다. 그 정취에 취한 이백은 자신만의 무릉도원인 별세상을 만들어냈다.

'대답 없이 그냥 웃는다'는 달관적인 내용은 한국의 시인 김상용의 시 「남으로 창을 내겠소」를 떠올리게 한다.

남으로 창을 내겠소 / 밭이 한참갈이 / 괭이로 파고 / 호미론 풀을 매지요 //

구름이 꼬인다 갈 리 있소 / 새 노래는 공으로 들으랴오 / 강냉이가 익걸랑 / 함께 와 자셔도 좋소 //

왜 사냐건/웃지요

명구(名句)

笑而不答心自閑

別有天地非人間

夜宿山寺

밤에 산사에서 머물며

높은 누각이 높이가 백 척이나 되어

손으로 별을 잡을 수가 있네

감히 높은 목소리를 낼 수가 없네

하늘 위에 있는 사람을 놀랠까 봐 두려워서

危樓高百尺

手可摘星辰

不敢高聲語

恐驚天上人

배경

울적한 마음에 산 정상에 올라 하늘과 땅을 바라보며 거대한 자연의 웅장함을 겸허한 마음으로 읊은 시다.

어휘

山寺(산사): 산속에 있는 절.
危樓(위루): 매우 높은 누각. 산꼭대기에 지은 사묘(寺廟).
星辰(성진): 별 진. 별의 총칭.

해설

산꼭대기에 있는 누각이 높이가 백 척이나 달해 누각 위에 서면 하늘에 있는 별을 딸 수가 있겠네. 내가 누각 위에서 감히 큰 소리를 지를 수 없는 것은 하늘에 있는 신선을 놀랠까 봐 두렵기 때문이다. 산사에서 밤을 보내면서 느낀 소감을 과장법을 쓰면서도 평이한 언어로 우뚝 솟은 산 정상의 형상을 생동감 있게 표현했다.

지금이야 '하늘에서 별을 따다, 하늘에서 달을 따다'라는 오란씨의 CM송으로 진부한 내용이지만 비행기도 우주선도 없는 천오백 년 전에 하늘에서 별을 딴다는 상상력이 바로 이백이 '별 중의 별'임을 입증하는 것이라 하겠다.

獨坐敬亭山
홀로 경정산에 앉아서

∴ 중국 초등학교 교과서 수록

무리 새가 높이 날아 사라지고

외로운 구름은 홀로 가는 게 한가롭구나

서로 쳐다보아도 둘이 싫증나지 않는 것은

단지 경정산뿐인가 하노라

衆鳥高飛盡

孤雲獨去閑

相看兩不厭

只有敬亭山

이백이 753년 가을 소인배들의 배척을 받아 장안을 떠나 경정
산에 혼자 앉아 감회를 읊은 것이다.

어휘

敬亭山(경정산): 안휘성 선성현 북쪽에 있는 명산.

衆鳥(중조): 무리 새. 많은 새. 자신을 배척한 사람, 즉 명리(名
利)를 좇아 흩어져가는 속인(俗人)을 지칭.

孤雲(고운): 외로이 떠도는 구름. 홀로 떠가는 구름. 고독한 자
신을 지칭하여 '세속을 벗어나 은거하는 고고한 인사'로 비유.

厭(염): 싫어할 염. 물리다. 싫증나다.

해설

표면적인 시상으로는 경정산에 혼자 앉은 감상을 읊었다. 온
갖 새들이 낮에는 지저귀며 놀다가 저녁이 되면 높이 날아가 보
금자리로 돌아가고 하늘에는 외로운 구름만이 한가롭게 홀로
떠다니는구나. 이와 같이 새들도 구름도 때가 되면 사라져버리
는데, 아무리 바라보아도 물리지 않는 것은 그냥 그 자리에 버

티고 서있는 경정산뿐이로구나 하여 산이 있기에 오른다는 말과 같이 언제나 묵묵히 마주하고 있는 경정산을 찬미했다. 다시 말하면 무리지어 높이 나는 새들이 있고 외로운 구름이 높이 떠다니는 산속에 홀로 지내는 한가로움을 언제나 변함없는 경정산과 더불어 노래했다.

그러나 시인의 내면은 비할 바 없는 고독감을 함의하고 있다. 시인의 기발한 상상력과 기교가 자연에 생명력을 부여하고 경정산을 의인화하여 생동감 있게 묘사했다. 장안에서 간신배들의 모함으로 자신의 재능을 펼칠 기회조차 갖지 못하고 쫓겨나다시피 했지만 더욱 결연한 자세로 대자연 속에서 안식을 맞으며 대붕(大鵬)의 의지를 다지고 있다. 결국 자신의 정신세계의 고결함을 나타냈다.

명구(名句)

相看兩不厭 只有敬亭山

越女詞

월나라 여인을 그린 노래

야계에서 연꽃을 따는 여인

나그네 보면 뱃노래 부르며 배를 돌리네

웃으며 연꽃 속으로 들어가

부끄러운 양 나오지를 않네

耶溪探蓮女

見客棹歌回

笑入荷花去

佯羞不出來

배경

중국의 강남땅인 옛날의 오와 월나라 지방은 오희(吳姬)나 월녀제희(越女齊姬)라는 말이 생겨났을 정도로 미인이 많이 태어나 색향으로 명성을 떨쳤다.

어휘

越女詞(월녀사): 옛 월나라 지방(현재 절강성) 처녀들을 그린 노래.

耶溪(야계): 약야계(若耶溪)를 줄여 부름. 회계(현재의 절강성 소흥시) 땅의 시내로 미녀 서시가 연밥을 따던 곳으로 유명함.

棹歌(도가): 노 도. 뱃노래. 배를 저으면서 부르는 노래.

佯(양): 가장할 양. 거짓.

해설

월녀사 4수 중 제3수이다. 회계산 부근 약야계에서 연꽃 열매를 따는 처녀들은 손님이 나타나면 배를 되돌려 가면서, 뱃노래를 부르며 웃으면서 연꽃 속으로 숨고는 부끄러운 체하며 다시는 나타나지 않는구나. 나머지 3수에서도 월나라 처녀들의 일상사를 통해 발랄한 성격을 엿볼 수가 있다.

첫 번째 수는 오 땅의 처녀들은 별과 달같이 예쁜데, 발까지 하얘 일부러 버선도 신지 않는다 했고, 두 번째 수는 그런 처녀들은 배를 타면 배를 뒤흔드는 장난을 즐기고 눈웃음으로 춘정을 보이면서 길 가는 총각들을 유혹한다 했으며, 마지막 수는 동양 땅의 맨발 처녀와 회계 땅의 뱃사공 총각은 밀회를 하면서 왜 아직 달은 지지 않는가 하며 애간장만 태우고 있다고 했다.

　이와 같이 고운 처녀들의 일상을 해학적으로 읊어 읽는 이로 하여금 미소짓게 하는 소품들이다.

早發白帝城

아침 일찍 백제성을 떠나며

아침에 오색구름이 자욱한 백제성을 떠나니

강릉 천 리는 하루 만에 돌아갈 수 있으리

양쪽 강가에는 원숭이 소리 아직 그치질 않으나

작은 배는 이미 만 가지 산을 지나가는구나

朝辭白帝彩雲間
千里江陵一日還
兩岸猿聲啼不住
輕舟已過萬重山

배경

이백 나이 57세 때 영왕의 사건에 연루되어 야랑으로 유배되어 가던 도중에 사면을 받아 자유의 몸이 되어 머물던 백제성을 떠나 강릉으로 돌아오는 길에 지은 시이다.

어휘

白帝城(백제성): 사천성 봉절현 기주 동쪽의 구당협이 눈 아래로 내려다보이는 높은 산 위의 성으로, 전한 말기에 공손술이 쌓았고 촉의 유비가 최후를 맞이했던 곳.

辭(사): 고별. 떠나다.

輕舟(경주): 빠르게 갈 수 있는 작은 배.

해설

사면령을 받고 미친 듯이 기쁜 나머지 한달음에 천 리 길이나 되는 강릉으로 쏜살같이 내딛는 상황을 묘사하였다. 이백이 탄 일엽편주(一葉片舟)는 백제성을 박차고 힘껏 고향을 향해 튀어나간다. 급기야 배는 물결이 급격히 휘몰아치는 천하의 절경 삼협(三峽)을 뚫고 미친 듯이 내달린다. 그러다 보니 강릉까지는 거리가 무려 천 리나 되는데도, 걸린 시간이 고작 단 하루에 불과하다. 내용과 함께 리듬의 흐름도 일사천리에다 일필휘지다.

예로부터 삼협에는 원숭이가 많이 있어 애달프게 울어대기로 유명하다. 이러한 원숭이의 애달픈 메아리가 채 가시기도 전에 이백이 탄 날렵한 배는 이미 만만겹겹의 산을 냅다 통과했다는 것이다. 너무 기뻐하는 모습을 속도감으로 생생하게 표현하는 이백 특유의 필치다.

명구(名句)

千里江陵一日還

중국인들이 가장 좋아하는 숫자는?

8은 재물을 상징해 사람들이 선호하는 숫자다. 그러면 우주 만물의 근원적인 숫자이며 동양철학에서 가장 기본이 되는 숫자는 무엇일까? 1이 아니다. 바로 3이다. 가장 적은 수로서 가장 많은 수를 나타내는 수를 만수라 부르는데 바로 3이 만수인 것이다. 노자의 도덕경에 1은 2를 낳고 2는 3을 낳고 3은 우주만물을 낳는다는 글귀가 있다. 3은 조화와 균형, 대칭을 이룬다.

가령 사람 셋이 모였다 치자. 셋은 절대 분리할 수가 없다. 패가 갈릴 수가 없다. 두 사람이 얘기를 하면 남은 한 사람은 듣기 싫어도 들어야만 한다. 왜냐하면 상대할 다른 사람이 없으니까. 그러나 네 명이 있다고 치자. 그러면 두 패로 갈라선다. 두 사람이 이야기하면 나머지 두 사람은 또 자기들끼리 이야기한다.

옛날에 산이나 들판 등 야외에서 밥 해먹는 솥은 다리가 셋이다. 넷이면 안정적일 것 같지만 그렇지 않다. 특히 산에서는 다리가 넷 있으면 기울어진다. 지면이 울퉁불퉁하기 때문이다. 다리가 셋이어야 안정감이 있고 균형이 잡힌다.

다음으로 젓가락 세 개가 가지런히 놓여있다. 가운데를 중심으로 양쪽에 하나씩 놓으면 5가 되고, 두 개 놓으면 7이 되는 식으로 무한정 뻗어나갈 수 있다. 3이라는 숫자가 우리의 생활을 거의 지배한다고 해도 과언이 아니다. 너무도 자연스럽기 때문에 단지 우리가 인식을 못 하고 넘어가고 있을 뿐이다.

1919년 3월 1일에 대한독립 만세를 삼천리 방방곡곡에서 메아리치며 울려 퍼진다고 한다. 왜 사천리 방방곡곡하면 안 될까. 삼천리가 우리 강산 구석구석까지를 의미하는 것이다. 유비가 제갈공명을 영입할 때 삼고초려를 했다. 왜 사고, 오고초려하면 안 되나? 세 번으로 모든 예의를 갖췄다는 뜻이다. 장비와 마초가 하루에 300합을 겨루었다. 400합, 500합을 싸울 수도 있다. 그러나 300합으로 하루 온종일 싸웠음을 표현했다.

올림픽에서 경기 잘하는 사람에게 금 · 은 · 동을 수여한다. 왜 금 · 은 · 동 · 철을 주면 안 되나. 3위까지가 잘한 사람을 대표한다는 것이다. 우리가 달리기 할 때 하나, 둘, 셋 하면 뛰어간다. 셋으로서 모든 준비를 다 마쳤음을 알린다. 친구와 술 약속이 있어 늦게 나타나면 벌주로 후래자 세 배를 마신다. 세 잔으로 늦게 온 것을 용서해 준다는 것이다.

동서양을 막론하고 삼위일체, 민주국가의 삼부(입법 · 행정 · 사법), 삼육구 게임, 삼각관계 등 3이라는 숫자가 상징하는 예는 얼마든지 있다. 3이라는 숫자의 마력을 마음에 새기고 사회생활을 하면서 제반 문제에 부딪쳤을 때 보다 간단명료하게 대처할 수 있는 지혜가 생겨나지 않을까?

望天門山

천문산을 바라보며

∴ 중국 초등학교 교과서 수록

천문산이 중간에 끊어져 초나라 강물이 열리고

푸른 물이 동쪽으로 흘러 여기에서 돌아가는구나

강 양쪽에는 푸른 산이 서로 마주하며 뻗쳐있고

외로운 돛배 한 척이 해 언저리에서 나오고 있네.

天門中斷楚江開

碧水東流至此廻

兩岸靑山相對出

孤帆一片日邊來

배경

753년경에 이백이 강남 각지를 방랑하던 때 배를 타고 가다 천문산의 아름다운 경관을 보고 그 웅장함에 감탄하여 지은 것으로 대담한 필치와 청신한 분위기가 넘쳐나는 작품이다.

어휘

天門山(천문산): 중국 안휘성 당도현에 있는 동량산과 화현에 있는 서량산을 함께 부르는 이름. 이 두 산 사이로 장강이 흘러 배를 타고 가면 마치 문 안으로 들어가는 것 같다 하여 붙여진 이름.

楚江(초강): 장강의 일부분으로 전국시대에는 이 일대가 초나라 땅이었기에 초강이라 부름.

至此(지차): 여기에 이르러. 차(此)는 천문산을 일컬음.

回(회): 돌 회, 돌다. 돌아가다.

日邊(일변): 해 가장자리. 해 언저리. 해 뜨는 곳. 하늘 끝. 하늘가.

해설

이백은 가파른 산세 사이로 도도히 흐르는 강물에다 외로운 돛단배에 몸을 싣고 마주보는 천문산을 빠져나가고 있다. 하늘의 문이라 불리는 천문산 한가운데 서서 장강의 광활한 기세를 바라보는 이백의 마음은 뭉클하기만 하다.

이 시는 천문산의 웅장한 기세에 눌려 돛단배와 같은 초라한 자신의 처지를 연상시켜 시인의 외로움과 슬픔을 심미적으로 표현한 낭만적인 작품이다.

望廬山瀑布

여산의 폭포를 바라보며

∴ 중국 초등학교 교과서 수록

태양이 비치니 향로봉에 자색 연기가 피어나고

멀리 폭포를 바라보니 앞 냇가가 걸려 있구나

날아 흘러 곧장 삼천 자나 떨어지니

마치 은하수가 구천으로 떨어지는 듯하는구나

日照香爐生紫煙

遙看瀑布掛前川

飛流直下三千尺

疑是銀河落九天

배경

조물주의 천공(天空)의 대경영을 보는 듯한 거시적인 관념을 깔고 있다.

어휘

廬山(여산): 오두막집 여. 강서성 구강시의 남쪽에 있는 경치가 빼어난 산.

日照(일조): 해가 비추다.

香爐(향로): 여산의 북쪽에 있는 산봉우리.

紫煙(자연): 자주빛 연기. 산이 햇빛에 반사되어 비치는 광경.

遙看(요간): 멀리 바라보다.

掛(괘): 걸려있다.

直下(직하): 곧바로 아래로 떨어지다.

疑是(의시): 의심할 의. 아마 ~인 듯하다.

九天(구천): 구중(九重)의 하늘. 가장 높은 하늘.

해설

여산의 향로봉에 있는 폭포의 장엄한 위용을 노래한 것으로,

이 시의 전반부에서는 시각적인 이미지를 최대한 이용하여 멀리서 보는 폭포가 흡사 강을 매달아놓은 것 같다고 표현하고 있다. 여기서 폭포의 배경이 되고 있는 것은 햇빛에 비쳐서 안개가 어려 있는 여산의 봉우리다. 이처럼 산과 폭포가 어우러진 풍경의 묘사는 높이가 삼천 자나 되기 때문에 그 모양이 하늘에서 은하수가 쏟아지는 것 같다고 표현함으로써 시인의 호탕한 기개를 마음껏 표방하고 있다. 특히 삼천 자나 되는 높이에서 곧바로 떨어지는 폭포의 물줄기는 시인의 강직한 마음을 상징하는 것으로 볼 수 있다.

이와 같이 이 시는 칠언절구의 압축된 형식 속에서도 감각적인 표현을 적극적으로 활용하였다. 폭포를 속세가 아닌 선경으로 묘사함으로써 이백의 웅장한 기상과 풍부한 상상력이 잘 드러난 작품이며, 인간 세상이 아닌 신선의 세계를 지향하고 있다는 점에서 노장 사상의 영향을 강하게 받은 작품으로 평가된다.

명구(名句)

飛流直下三千尺

峨眉山月歌

아미산에서 달을 노래하다

∴ 중국 중학교 교과서 수록

아미산 달이 반쯤 걸려있는 가을

그림자도 평강 강물을 따라 흐르는구나

밤에 청계를 출발해 삼협으로 향하는데

그대를 그리워하나 보지 못하고 유주로 내려가오

峨眉山月半輪秋

影入平羌江水流

夜發清溪向三峽

思君不見下渝州

배경

이백이 724년 나이 26세에 처음으로 고향인 촉나라 땅을 떠나며 지은 작품이다. 이별의 아쉬움을 뒤로 하고 아미산의 평강에서 청계를 출발하고 삼협을 향해 유주로 내려가는 앞으로의 여정에 대한 기대감이 작품 속에 드러나 있다.

어휘

峨眉山(아미산): 사천성 서남쪽 아미산시에 있는 산(높이 3,099m).

半輪(반륜): 바퀴 륜. 해나 달과 같은 둥근 사물을 세는 단위. 둥근 형상의 반쪽. 반달.

平羌(평강): 종족이름 강. 아미산 동북을 흐르는 평강강.

清溪(청계): 평강강 하류의 마을.

三峽(삼협): 호북성 파동현의 서릉협, 귀향협, 무협의 삼협을 일컬음. 양편 기슭 칠백 리에 걸쳐 산이 이어져있어 하늘과 해를 가리므로 한낮이 아니면 해를 볼 수 없다 함.

君(군): 그대. 군주.

渝州(유주): 지금의 중경시.

해설

불과 스물여덟 글자로 아미산, 평강, 청계, 삼협, 유주에 이르는 긴 여정을 간결하게 표현하면서 그 연결이 매끄럽고 그 기상도 뛰어나 만고의 절창이라 평가받는다. 즉 아미산의 아름다움, 평강강의 적막한 흐름, 청계의 깨끗한 물소리, 삼협의 장활한 협곡 등의 이미지를 고유명사로 압축시켰다.

아미산의 가을 반달이 평강강에 비쳐 강물과 함께 흘러간다. 그러한 밤에 청계 마을을 떠나 삼협으로 향하는데, 삼협은 한낮이 아니면 해를 볼 수 없는 곳이라 아직 산에 막혀 아미산에 떴던 그 달을 볼 수 없는 것이다. 산세와 수세가 수려한 촉 지방의 가을 달이 뜬 밤의 풍경을 한 폭의 그림에 담아놓은 듯하다.

친구를 보지 못하고 떠나가는 안타까움과 함께 다가올 여정에 대한 기대감도 느껴지는 작품이다.

어메이산과 러산대불

어메이산(峨眉山: 아미산)은 중국 쓰촨성 어메이현 남서쪽에 있는 산으로 중국의 4개 불교성지 중의 하나다. 보현보살상을 모시고 있는 어메이산과 더불어 대표적인 불상 러산대불은 중국 쓰촨성 러산시 동쪽 링윈산(凌雲山)에 위치한 총 길이 71m의 석불로서 '산이 부처요, 부처가 곧 산이다'라는 말로 유명하다. 1996년 유네스코는 러산대불(문화)과 어메이산(자연)을 묶어 세계복합유산으로 지정했다.

특히 최고봉이 해발 3,099m인 어메이산은 어메이산현에 있는 청두평원의 남서쪽에 솟아있다. 바위가 많은 산 남쪽은 계곡들이 교차해있고 식물들이 밀집해 있는 반면 산 북쪽은 깎아지른 듯한 절벽과 비탈져 떨어지는 폭포가 특색이다.

어메이산은 불교에서 '빛의 산'으로 불린다. 산 정상에 있는 광상사는 자비의 여신이 불교 의식을 행했던 곳으로 중국에서 이름난 불교 신산 네 곳 중 하나가 되었다는 설이 있다. 어메이산에는 100여 개의 사원과 언덕들이 있었지만 현재는 20여 개만이 남아있다. 산기슭에 있는 보국사는 명조(1368-1644) 때 세워진 가장 큰 사원이다. 사원 내부의 붉은 구리로 된 화엄동탑은 중국 불교를 공부하는데 중요한 유물이다. 이 14층 탑은 높이가 7m이고 그 벽면은 4,700여 개의 부처 그림과 후아옌 종파의 불교 경전 전문이 새겨져 있다.

러산대불은 러산시 동쪽에 있는 링윈 언덕에 만들어졌는데 어메이산에서 그리 멀리 떨어져 있지 않다. 이 장중한 불상은 높이가 71m에, 머리 부분만 14.7m에 달한다. 그 귀의 길이는 6.2m, 눈의 폭은 3.3m, 그리고 어깨 길이는 34m다. 머리에는 1,021개의 시뇽(뒷머리에 땋아 붙인 쪽)이 있다. 불상의 중지 길이가 8.3m이고 각 발은 길이가 11m, 폭은 100

명 이상이 앉을 만큼 충분히 큰 8.5m이다. 불상 무릎에 놓인 손에는 아주 많은 사람이 앉을 수 있고, 그 머리는 언덕 정상까지 이르고 그 발은 산허리 전체를 차지한 강까지 이르고 있다.

어메이산과 러산대불은 현재 하나의 풍경구로 통합됐고 1996년에 세계문화유산과 자연유산으로 인정받았다.

에필로그

태산보다 높고 황도십이궁보다 더 신비한

이백의 시 33수를 번역하면서 느낀 점이 많다. 10년이면 강산도 변한다고 했다. 마침 쓰촨성에서 직장생활을 하면서 틈틈이 당시를 가까이 할 기회를 가졌다. 대학에서 중문학을 전공한 여세를 몰아 감칠맛만 느꼈던 시의 매력에 파고들었다. 하지만 역부족이었다. 바다 같은 중국의 시 세계는 광대무량해 그 세계를 이해한다는 것은 어쩌면 무모한 도전이었는지도 모른다. 그러나 도전해보지도 않고 포기하는 것보다는 낫다는 생각에서 펜을 들었다. 평생 한 번밖에 부르지 않는 가시나무새의 노래처럼 부르려 했었다.

펜은 끝없이 도전의 길을 재촉했다. 하지만 길은 쉽게 갈 수 없었고, 가슴 깊이 똬리를 틀고 있었던 가시나무새의 노래도 목청껏 나오지 않았다. 생각한 것을 말로 표현하는 것과 글로 쓰는 것이 얼마나 차이가 있는지 가슴 깊이 느꼈다.

번역은 제2의 창작이라 했다. 더욱이 한자는 표의문자이므로 읽는 사람의 정서와 장소, 위치에 따라 해석이 달라 번역은 더 쉽지 않은 작업이었다. 이번 저서를 쓰면서 번역이 창작 못지않게 뼈를 깎는 작업이란 것을 새삼 느꼈다. 2016년 독서계를 깜짝 놀라게 했던 한강의 『채식주의자』는 물론 내용이 좋았지만 뛰어난 번역가를 만난 일 또한 큰 행운이 아니었나 생각했다.

사실 대학에서 중문학을 공부하면서 언젠가는 바다같이 깊고 넓은 한자문화에 뛰어들어 마치 수영하듯이 더 파고들겠다고 다짐했다. 그런데 간절히 원하면 희망이 이뤄진다는 말처럼 나에게 그 길이 열렸다. 중국 근무의 행운을 잡은 것이다. 나는 특히 이백의 시에 빙의라도 한 듯 빠져들었다. 그런데 문제가 생겼다. 깊이 들어가면 갈수록 더 많은 것이 보이고, 더 뜨겁게 작품세계로 빠져든 것이다. 나의 시각으로 새로운 세계를 창작하고 번역한다는 것이 얼마나 험한지, 가위에 눌리기라도 할 듯한 작업이란 것을 이번 기회에 알게 됐다.

세계화 시대이다. 인터넷의 등장으로 국경은 무너지고 언제 어디서든 지구촌 누구와도 소통이 가능한 세상이 됐다. 특정 계층의 독점적 지위는 무너져가고 있다. 문제가 됐던 문자도 쉽게 해결할 수 있게 됐다. 인공지능을 이용하면 못 해내는 과제가 없기 때문이다.

그러나 과학문명도 현재까지는 한계를 드러내고 있다. 인간이 고유하게 느끼고 있는 사단(측은지심·수오지심·사양지심·시비지심)과 칠정(희·노·애·락·애·오·욕)을 인공지능은 느낄 수 없기 때문이다. 인공지능엔 뜨거운 피가 흐르지 않고 봄·여름·가을·겨울의 사계절을 보며 느끼는 정서도 없다. 그런데 시선·적선·시협·주선 등으로 불렸던 이백의 시에선 사단칠정의 향기가 고스란히 풍기고 있음을 알게 됐다. 그래서 더욱 번역에 어려움을 느꼈다. 중국인이 느끼는 감정과 한국인이 느끼는 감정 또한 같지 않기 때문이다.

미흡하여 가시나무새의 노래가 제대로 불리지 못한 부분은 다음 기회에 보충하여 독자 제위께 만족스럽도록 최선을 다할 것을 지면을 통해 약속드린다. 그리고 1편 이백에 이어 2편 두보, 3편 백거이, 4편 왕유 등 시리즈로 머잖아 발간할 것이다. 무엇보다 독자들에게 당시를 매개로 중국과 가까워지는 계기가 되는 것은 물론 학문으로서가 아닌 대중과 함께하는 당시로 재평가 되기를 바란다.

사랑하는 아들과 딸, 사위 그리고 가족, 지인들 및 오늘의 나를 있게 해준 한국관광공사 여러분들에게 감사 인사를 드리며 특별히 애착을 가져준 장미경 박사님에게도 고맙다는 말을 전하고자 한다. 또한 필자의 삶에 무언가 탁 트이게 갈증을 해소시키고 원동력이 되어주셨던 어머니를 떠올려본다. 끝으로 이 저서가 나오기까지 시간상 촉박한 여건 속에서도 제작해주신 청어출판사 이영철 대표님과 편집부, 그리고 함동규 선생님, 양승진 국장님, 유지현 기자님에게도 감사드린다.

독서 도우미 읽어두기

중국의 고유문자인 한문이 창조해 내는 문화예술을 이해하려면 인내와 폭넓은 지식이 필요하다. 뜻글자인 한문을 이해하도록 표기함에는 다양한 표기가 등장하게 된다. 이백의 시 33수는 번역(한글)을 앞에 두고 한자 표기(원문)는 뒤에 배치했다.

그 외 내용엔 한글 표기를 앞에 두고 한자는 ( )로 썼다. 작품

명은 「　」로 표기했으며 본시 33수 외에 이용한 시는 대부분 원문은 게재하지 않고 한글 표기만을 실었다.

시 창작으로 유명했던 황제들

중국은 한문의 나라인 동시에 시가의 왕국이기도 하다. 시경에서 시작되어 수천 년의 역사의 흐름 속에서 수많은 시인과 헤아릴 수 없이 많은 시가가 탄생했다. 근현대사에까지 전해지는 유명한 시들 가운데는 위로는 재상과 장수들이 지은 것부터 문인과 백성이 지은 것도 있다. 특히 천자인 황제들이 지은 시도 상당수가 된다.

위대한 황제이자 폭군으로도 알려진 진시황은 시를 지을 줄 몰랐던지 현재 전해지는 것이 없다. 아마도 진시황이 시를 지었다면 죽지 않고 영원히 살 수 있는 것에 대한 시를 창작하여 흥미로웠을 것이다.

하지만 그 후 진을 역사의 뒤안길로 몰아넣고 한나라의 황제로 등극한 유방의 「대풍가(大風歌)」는 유명하다. 기원전 195년,

유방이 허남왕 왕영포를 제거하고 금의환향하여 연 대연회에서 주흥이 무르익자 읊었다는 이 시는 현재까지 널리 전해지고 있다.

큰 바람 불고 구름 일더니
위세가 천하에 더하여져 고향에 돌아오네
어찌 용사를 얻어 사방을 지키지 않을 쏜가

세 구절로 된 짧은 시가 역대 황제 시 가운데 첫 장을 장식한 시가 되었다. 유방은 시정잡배에서 천자의 자리에 오른 입지전적인 인물이다. 그런 그가 금의환향했으니 당시 그의 위풍이 얼마나 당당했을지 짐작이 갈 듯도 하다. 금의환향하여 지은「대풍가」는 그때 유방의 심정을 그대로 표현해주고 있다.

이 시의 분위기는 의기충천하며 새로 패업을 달성한 황제가 맹장을 찾고 천하를 지키고 싶어 하는 마음이 생동감 있게 드러났다. 이 시는 후대에도 높은 기재의 상징으로 지칭됐다. 주희는 이 시를 극찬했고, 당 태종 이세민, 시선 이백, 농민 봉기의 우두머리 홍수전 등 역사적으로 수많은 영웅과 재인들이 모두「

대풍가」를 좋아했고 즐겨 애송했으며 이 시를 통해 자신의 기개와 포부를 나타냈다. 유방은 이 한 편의 시로 중국 기사 문학에서 중요한 위치를 차지하게 됐다. 하지만 황제들 가운데는 일생동안 상당한 수의 시를 지었으나 단 한 편의 시도 문학사에 기록되지 못한 황제가 있다. 청의 건륭황제도 그 중 하나이다. 이같은 역사적 사례에 비추어보면 유방은 철저히 '인생은 짧고 예술은 길다'의 삶을 살다 간 주인공이라 하겠다.

건륭황제는 거의 매일 시를 썼으며 일생동안 헤아릴 수 없이 많은 시를 창작했다. 『소정잡록(嘯亭雜錄)』에도 그의 시가 실렸으며 지은 시는 어느 시인보다 월등히 많았으나 현재 전해지는 작품 중 특색이 있거나 후제들이 절창하는 시는 하나도 없다.

시가 전체 발전사를 보면 역대 황제들이 지은 시는 상당수에 이른다. 그중엔 개국 황제가 지은 시도 있고 망국의 군주가 지은 시도 있다. 개국 황제로는 한고조 유방 외에도 위무제 조조, 위문제 조비, 그리고 당태종 이세민 등의 황제들이 시를 창작했다.

조조는 정치적·군사적으로 권력이 가장 강력한 인물이었을 뿐 아니라 문단에서도 높은 지위를 차지하고 있었다. 그는 패업을 성공적으로 달성한 군주로서 호방한 기개와 진취적인 정신에서부터 비통하게 전락한 데에 대한 한탄까지 시에 담아내 시가 역사에서 시인으로서 추앙받는 인물로 기록됐다. 조조가 남긴 20여 수의 작품에는 현실을 적나라하게 반영한 시도 있고 개인적인 감정을 숨김없이 드러낸 시도 있다. 또한 아름다운 자연 경관을 묘사한 작품도 있다. 특히 현실을 반영한 수작으로 평가되고 있는 「호리행(蒿里行)」과 「해로행(薤露行)」은 오늘날까지 널리 읊어지고 있는 작품이다.

「해로행」은 동탁이 한의 헌재를 도와 낙양에서 장안으로 천도하면서 낙양성과 수많은 민가를 온통 불바다로 만들어 버렸던 역사적인 현장을 담았다. 「호리행」은 원소와 원술 등의 군벌세력이 뭉쳐 동탁을 토벌하기 위한 처절한 전쟁에서 죽고 죽이는 잔혹한 전장을 반영하고 있다. 다음은 「호리행」이다.

관동에 의로운 이들 있어

흉한 무리 치고자 군사를 일으켰네

맹진에서 만나 처음 기약할 제

마음은 모두 임금 계신 도성에 있었으되

힘을 모음에 가지런하지 못하고

혹은 앞서고 혹은 머뭇거렸네

세력과 이익, 사람을 다투게 하고

끝내는 서로 죽이며 돌아섰네

회남 땅에서는 임금을 스스로 칭하고

옥새는 북쪽에서 새겨지니

갑옷과 투구에는 이가 생기고

수많은 백성 싸움에 죽네

백골이 들판에 널려있고

천리에 닭 우는 소리 들리지 않으니

살아남은 자 백에 하나나 될까

생각하면 애가 타는 듯하네

이 시는 군벌의 혼전과 권력싸움으로 인해 천하가 황폐해지고 수많은 시체가 들판에 널린 비참한 상황을 묘사했다. 작가의 비통한 심정과 군벌에 대한 강한 질책, 난국을 살아가는 무고한 백성들에 대한 동정심 등이 작품 전체에 흐르고 있다. 이 시는 당시 현실을 사실적으로 묘사하며 한 말기의 역사적 기록으로도 평가받는 시다.

조조는 이밖에도 개인적인 정서와 아름다운 자연풍광을 그린 시도 여러 편 남겼는데 그 중에서도 「귀수수(龜雖壽)」에는 낙관적이고 적극적인 기상이 마음껏 표현되어 있어 후대에 많은 이들에게 감동을 안겨주었다. 조조의 작품 중에는 유명한 구절도 많다. 「단가행(短歌行)」의 '높은 산은 흙을 모아서 된 것이고 깊은 물은 물줄기를 합친 것이네', '주공은 식사 중에도 반갑게 손님을 맞이하며 천하의 마음을 한곳에 모았다네'와 「관창해(觀滄海)」의 '동으로 갈석산에 올라 푸른 바다를 바라보니 엄청난 물줄기에 험준한 바다가 둘러섰다네' 등은 후대인들이 즐겨 읊은 유명한 구절 중에 속한다.

조조가 패업엔 성공했으나 사후에야 무제로 추대되었으며, 진정한 개국 황제는 그의 아들 조비가 됐다. 조비는 33살에 위나라의 제1대 황제로 등극했는데 부전자전으로 문장과 재주가 뛰어나 40여 편의 시를 남겼다. 정서상으로는 아버지 조조를 빼닮았으나 역사시나 시의 격조는 다소 떨어지는 분위기다. 그의 시는 남녀 간의 애정이나 이별의 슬픔을 노래한 것이 대부분이며 부친의 작품과는 확연히 다른 느낌을 줬다. 조비의 시풍을 가장 잘 나타낸 시는 「잡시(雜詩)」와 「어청하견만선사신혼여처별(於淸夏見挽船士新婚與妻別)」과 「연가행(燕歌行)」 등이 있다. 이 가운데 가장 유명한 「연가행」을 소개한다.

가을바람 소슬하고 날씨 서늘하니
초목은 낙엽지고 이슬은 서리 되네
제비는 작별하여 귀로에 오르고 기러기는 남으로 날아가네
멀리 떠난 임 그리니 사모함에 애간장이 끊어지네
달려오고픈 생각 간절하여 고향 그리울 만한데
임은 어이 그대로 타향에만 계시는지

이 몸 홀로 빈 방 지키며
시름 속에 님 생각 잠시도 잊을 길 없어
나도 몰래 눈물 흘러 옷자락을 적시네
가야금 뜯어 청상 가락 올려보니
짧은 노래 가냘파 끝내 길게 잇지 못하네

휘영청 밝은 달은 내 침상을 비추는데

은하수 저쪽으로 기울었으나 날은 아직 어두워

견우직녀 서로 멀리 마주 보건만

그대는 무슨 죄로 이리 멀리 떨어져 있는가

이 시의 전반에 흐르는 애처로움은 읽는 이의 마음을 애절하게 만들어 예술적 가치를 높게 평가받고 있다.

한편 당나라 태종 이세민은 조조 부자와는 달리 스스로 천하를 얻어 황제에 올라 나라를 다스렸으며 문학과 무예에도 깊은 조예가 있었다. 그는 중국 역대 황제 가운데 가장 위대한 영웅으로 기록되어 있으나 시가에 있어서만은 조조 부자에 뒤지고 있다. 이세민은 시를 많이 지은 황제로 유명하다. 『전당시(全唐詩)』1권에 수록된 그의 시는 모두 98수나 되며 그중 가장 뛰어난 작품으로 꼽히고 있는 시는 「행무공경선궁(幸武功慶善宮)」과 「중행무공(重幸武功)」이다.

한편 망국의 군주 가운데 시가로 유명한 황제는 남당의 이욱과 남조의 진의 진숙보가 꼽히고 있다. 남당의 3대 군주는 정치적 역량에 있어서는 후대에 갈수록 약해졌으나 문학적 재능은 후대로 갈수록 높아지는 현상이 나타났다. 그중에서도 마지막 황제 이욱의 시가는 당시 문학의 윗자리에 올랐다. 이욱은 나라를 망하게 한 군주로서 비통한 마음을 처량한 어조로 시에 담았는데 시 한 구절 한 구절이 애처롭고 감동적이어서 문학사적으로는 높이 평가되고 있다. 망국의 군주가 그 감정을 표한 작품이 문학사적으로 높이 평가된다니 아이러니한 역사의 현장이다. 이욱의 인생은 두 모습을 보였다. 40살 이전에는 황제 계승자로 호화롭고 사치스럽기 그지없는 생활을 원 없이 즐겼는데, 이때 작품들은 호화로움과 연정을 그린 시들이 주류를 이루었다. 그의 「옥루춘(玉樓春)」을 소개한다.

저녁 화장 갓 마친 뽀얀 피부 눈처럼 희구나
봄기운 완연한 궁전에서 무희들 물고기처럼 가지런히 늘어섰네
흥에 겨운 생활과 퉁소소리 저 멀리 강물과 구름사이로 흩어지며
다시 새로 보이는 〈예상우의곡〉 선율 울려 퍼지네
바람 타고 향 가루 날리는 이 누구인가
취해서 난간 두드리니 흥취 더욱 절절해지네
돌아갈 때 촛불을 밝히지 말아야지
청량한 달빛 타고 말발굽 소리 울려 퍼지도록

이욱은 25살에 남당의 황제로 즉위했지만 그 당시 남당은 이미 송의 신하를 자처하고 있을 때다. 15년의 재위기간 동안 송의 간섭과 압박에 어쩔 수 없이 굴복하면서 시와 가무로 위로를 삼았다. 「옥루춘」은 그 같은 이욱의 심정을 적나라하게 표출한 시라 하겠다.

이욱과 마찬가지로 주색과 가무에 빠져 나라를 망하게 한 군주로 진숙보가 있다. 진숙보 얘기 중에 망국을 노래한 「옥수후정화(玉樹後庭花)」를 빼놓을 수가 없다. 다음은 당대의 유명한 시인 두보의 시 한 구절이다.

술집 아가씨들 나라 잃은 서러움을 알지 못하고
강을 사이에 두고 「후정화」를 부르고 있구나

진숙보는 진의 마지막 황제다. 그는 구중궁궐에서 자랐으며 여색을 밝혀 온종일 술에 취해있었다. 하지만 그는 시가에는 능해 『진서』와 『수서(隋書)』 「음악지(音樂志)」 등에 따르면 「임춘악(臨春樂)」, 「금채량수수(金釵兩鬢垂)」, 「당당(堂堂)」, 「옥수후정화」 등 여섯 곡의 노래를 지었다. 하지만 여섯 곡의 악보는 현재 전해지지 않으며 가사마저도 「옥수후정화」 여섯 번째 한 구절만이 남아 있다.

진숙보가 주색에 빠져 있을 때 수나라 문제는 대군을 이끌고 진의 국경을 압박해왔다. 그러나 진숙보는 주지육림의 질탕한 연회를 멈추지 않았다. 「옥수후정화」의 노래가 날 새는 줄 모르고 울려 퍼졌다. 지고무상(至高無上)한 황제의 자리에서 죄인으로 몰락하여 옥에 갇히게 된 자신의 처지를 비참한 어조로 적나라하게 그린 「옥수후정화」는 나라가 망했어도 계속 불려 대표적인 망국의 노래로 문학사에 기록됐다.

꽃 숲에 묻혀있는 장귀비의 전각이 임춘고각에서 바라보이네

단정한 귀비모습 경국의 미인일세

창문에 어른거릴 뿐 나오지 않음은

휘장 걷고 서로 만날 때 함박 웃자는 뜻이겠지

아름다운 네 모습 네 얼굴 이슬 먹은 꽃송이 같구나

만발한 흰 꽃에 흐르는 빛이 뒤뜰에 가득하구나

꽃이야 피었다 시드느니 고운 자태가 얼마나 길까만

뜰 안에 가득히 떨어진 꽃잎은 어디론가 스러져가겠지

오늘날 읽어도 조금도 손색이 없는 슬픈 사랑 노래다. 나라는 역사의 뒤안길로 사라졌으나 노래만은 계속 불리며 반면교사가 되고 있다.

망국의 군주 가운데 또 한사람이 있다. 폭군 수양제가 그이다. 수양제는 이름난 폭군이지만 풍류엔 뛰어났다. 그의 시에는 호방한 기상이 그대로 드러나 당시 문단에서 손꼽히는 작가로 인정받았다. 하지만 그는 질투심이 강하여 자신보다 재능이 뛰어난 이는 그냥 두지 않았다. 그는 「연가행(燕歌行)」을 짓고 모든 이들로부터 칭찬을 받았으나 왕면의 시가 자신의 시보다 훌륭하다는 것을 알고 말도 안 되는 트집을 잡아 죽여버렸다.

위에 언급한 황제 외에도 시문이 뛰어난 군주는 여럿이 더 있다. 양나라 간문제 소강, 송태조 조광윤의 「영초일(詠初日)」과 명태조 주원장의 「국화(菊花)」가 유명하다. 「영초일」을 소개한다.

첫 태양 떠오르니 그 빛에 눈이부셔
이산저산 모든 산에 불이 붙은 듯
해가 삽시간에 높은 하늘 길에 떠올라
별들과 조각달을 다 물리치네

멋진 노래다. 아래 시는 도저히 어울리지 않을 것 같은 주원장의 「국화」이다.

백 가지 꽃이 될 때 나는 피지 않는다
내가 필 때는 모든 꽃을 죽이리라
서풍과 일전을 하기 위해
온몸에 황금 갑옷을 입는다

시의 제목과는 달리 살기가 등등한 시의 분위기다.

영웅호걸들이 전장에서 적을 물리치고 패업에 성공하여 문득 인간 본성으로 돌아갈 때도 있었을 것이다. 그러나 그의 삶에서 피비린내 나는 전장의 장면은 지울 수 없을 것이다. 주원장의 「국화」역시 문학적이고 아름다운 시 제목이었으나 전장이란 소재를 떼어낼 수는 없었던 것 같다. 장수는 전장을 떠날 수는 없나보다. 한편 당나라 선종은 시인 백거이의 애도시인으로, 「백거이를 애도하다(弔白居易)」에서 다음과 같이 말했다.

뜬구름처럼 매이지 않으니

이름은 거이(居易: 편안함에 거하다)

조화무위(造化無爲)하니 자는 낙천(樂天)이라

어린아이도 「장한가」를 읊조릴 줄 알고

오랑캐도 「비파행」을 노래할 줄 아네

대시인을 사랑하는 군주의 뜨거운 마음이 가감 없이 드러난 시라 하겠다.

한시의 유래와 종류

한시의 유래

한시는 한문으로 창작된 시를 지칭한다. 주로 한나라 시대 때 창작된 시를 말했으며 최초의 한시집은 『시경(詩經)』이다. 『시경』은 주나라 초기부터 춘추 초기까지 수백 년에 걸쳐 민간 또는 궁중에서 부르던 가요를 수록하여 전래한 것으로, 수록된 시는 모두 305수에 이른다. 시경은 공자가 최초로 수록했다는 것으로 알려졌다. 그래서 '시 삼백, 일언이폐지, 왈사무사(『詩』三百, 一

言以蔽之, 曰思無邪: 『시경』의 시 3백편을 한마디로 말하면 생각에 사특함이 없다'라는 말이 여기서 나왔다고 한다.

『시경』을 거쳐 한나라에 이르자 초사조(楚辭調)의 시가 성행했으나 무제 때 와서는 악부체(樂府體)의 가요가 성행하게 됐다. 4언 형식의 시가 비로소 5언 형식의 시로 창작기법이 등장했다. 이때 창작된 오언시가 오언고시체의 시다. 한나라 시대에 이미 7언 형식의 시가 나타났으며 남북조 시대에 7언 형식의 시가 자유롭게 창작되었다. 그 후 양나라의 심약이 한자를 평상거입(平上去入)의 4성으로 분류한 뒤에 평측이나 압운을 도입해 시를 창작하게 됐다.

한시의 전성기는 당나라 시대다.

■ 초당(初唐): 당시의 기초를 이룩한 시로서 율시와 절구의 기반을 닦아놓은 시기다. 주요 시인들은 왕발·양형·노조린·낙빈왕·유정지·왕한 등이 있다.

■ 성당(盛唐): 당시가 가장 전성기를 구가하는 시기로 당시 현종의 국력과 절세미인 양귀비의 존재도 무관하지 않았다. 천재 시인 이백과 두보의 출현이 당시의 절정을 이뤘다. 이들 외에도 맹호연·왕유·고적·잠삼·왕창령 등이 왕성한 창작 활동

을 했다.

■중당(中唐): 성당의 작품 수준을 뛰어넘을 수는 없어도 당시의 수준을 알차게 한 중요한 시기이다. 백거이·원진·한유·유종원·경위 등이 알찬 작품들을 내놓았다.

■만당(晩唐): 당시의 쇠퇴기라고 할 수 있다. 새로운 시적 발전이 없는 동시에 화려하면서 기교만 흐르는 작품들이 유행했던 시기다. 두목·이상은 등이 대표적 시인에 들어간다.

한시의 구성

■구성: 한시는 일반적으로 5언과 7언으로 구성되어 있는데 그중 1구의 구성을 보면 5언은 2자와 3자로 내용이 갈라지고 7언은 위의 4자와 아래 3자로 갈라져 있음을 알 수 있다. 한마디로 5언4구는 5언절구, 7언4구는 7언절구이다. 5언절구가 2개 있으면 5언율시, 7언절구가 2개 있으면 7언율시다. 그래서 한시의 구성에는 절구(4구)는 기승전결로, 율시(8구)는 수함경미의 대구법으로 이루어져 있다.

■기승전결(起承轉結): 이는 절구에 사용하는 명칭으로 오언절구나 칠언절구도 이 기승전결의 순서에 의해 표현된다. 기는 시

작이란 뜻으로 시 전체의 출발이며 표현의 시작이기도 하다. 승은 앞의 기를 이어 받아 내용을 더욱 발전시키는 과정이며 전은 옮아간다는 뜻으로 기와 승에 표현된 것을 여기서 일전시켜 다른 내용의 표현으로 옮아간다는 것을 의미한다. 결은 글자 그대로 결론으로 끝을 맺는다는 뜻으로 끝맺음이다.

■ 수함경미(首頷脛尾): 이는 율시의 구성에 사용하는 명칭이다. 율시는 8구로 되어있기 때문에 2구씩 4연으로 나눈다. 수련(首聯)은 기련(起聯)이라고도 하며 제 1, 2구로서 절구의 기(起)에 해당한다. 함련(頷聯)은 제3, 4구로서 절구의 승(承)에 해당하며, 경련(脛聯)은 제 5, 6구로서 절구의 전(轉)에 해당하고 미련(尾聯)은 제 7, 8구로서 절구의 결(結)에 해당한다.

■ 대구법: 대구는 두 구가 있는 경우 두 구의 글자 수가 같아야 하는 것이 조건이다. 그리고 두 구의 어법적 구성이 같아야 하며 또한 어법적으로 같은 위치에 있는 두 구 가운데 말의 의미나 발음이 대를 이뤄야 한다는 조건이 붙었다. 예를 들면 율시에서는 함련과 경련이 반드시 대구를 이뤄야 한다는 규칙이 있다. 시에 따라서는 수련에서 대구를 이루는 경우도 있다. 두보의 「춘망(春望)」에 수련과 함련, 경련이 모두 대구를 이루고 있다.

한시의 종류

■ 오언고시(五言古詩): 고시(古詩)는 옛날 악부(樂府)의 고시라는 말로서 당나라 이후에는 근체시, 즉 율시나 절구로 쓴 고풍(古風)의 시라는 뜻이다.

(예시) 자야오가(子夜吳歌)　－이백

장안일편월 만호도의성(長安一片月 萬戶擣衣聲)

추풍취부진 총시옥관정(秋風吹不盡 總是玉關情)

하일평호로 양인파원정(何日平胡虜 良人罷遠征)

■ 칠언고시(七言古詩): 시구가 7자로 된 고시를 의미하며 한나라 무제의「백양대(柏梁臺)」의 연구로부터 시작된 장단으로, 혼용구는 한나라 악부에서 시작되어 당나라에 와서 성행했다. 칠언고시는 고색창연한 멋이 풍부하다.

(예시) 빈교행(貧交行)　－두보

번수작운복수우 분분경박하수수(飜手作雲覆手雨 紛紛輕薄何須數)

군불견관포빈시교 차도금인기여토(君不見管鮑貧時交 此道今人棄如土)

■ 오언율시(五言律詩): 율시의 율은 음률의 율과 같은 것으로 대구의 정치함을 의미한다. 율시는 오언율과 칠언율 두 종류가 있는데 오언율은 5자씩 된 구가 8구로 되었으며 칠언율은 7자씩 된 구가 8개로 구성됐다. 두 구를 합쳐서 일련(一聯)이라고 한다.

(예시) 춘망(春望)   - 두보

국파산하재 성춘초목심(國破山河在 城春草木深)

감시화천루 한별조경심(感時花濺淚 恨別鳥驚心)

봉화연삼월 가서저만금(烽火連三月 家書抵萬金)

백두소갱단 혼욕불승잠(白頭搔更短 渾欲不勝簪)

■ 칠언율시(七言律詩): 칠언율시에 대해서는 오언율시에서 말했듯이 7자씩 8구로 한다고 했다. 칠언율시는 육조시대에 시작됐으며 당나라의 심전기와 송지문이 창시했다고 하여도 지나친 말이 아니다. 칠언율시는 오언율시에 구마다 2자를 더하여 모두 56자로 된 한시다.

(예시) 촉상(蜀相)   – 두보

승상사당하처심 금관성외백삼삼(丞相祠堂何處尋 錦官城外栢森森)

영계벽초자춘색 격엽황려공호음(映階碧草自春色 隔葉黃鸝空好音)

삼고빈번천하계 양조개제노신섬(三顧頻煩天下計 兩朝開濟老臣心)

출사미첩신선사 장사영웅누만금(出師未捷身先死 長使英雄淚滿襟)

■ 오언절구(五言絕句): 오언절구는 한위의 악부에서 시작됐다.
절구란 명칭에 대해서는 다양한 설이 있으나 육조의 시집에 오
언사구 시를 절구 혹은 단구라고 이름을 붙였다는 단서가 있는
것으로 보아, 절구는 한나라와 위나라의 악부에서 싹터 당나라
에 와서 완성된 것으로 보인다.

(예시) 제원씨별업(題袁氏別業)   – 하지장

주인불상식 우좌위임천(主人不相識 偶坐爲林泉)

막만수고주 낭중자유전(莫謾愁沽酒 囊中自有錢)

■ 칠언절구(七言絕句): 칠언절구는「협슬가(挾瑟歌)」와「오서곡(烏
棲曲)」,「원시행(怨詩行)」같은 것이 예부터 있었으므로 제나라와

양나라의 악부에서 나왔지만 이때는 아직 운법이나 평측도 어울리지 않은 상태였다. 시의 나라인 당나라 대에 와서야 율시와 같이 일정한 체제가 완성됐다. 이 칠언절구는 당의 신체시(新體詩)로서 당나라 문학의 정수였다. 이백과 왕창령, 두보 등의 시에서 이 칠언절구는 심오한 시의 형태로 쓰여 남게 됐다.

(예시) 조발백제성(早發白帝城)   − 이백

조사백제채운간 천리강을일일환(朝辭白帝彩雲間 千里江陵一日還)

양안원성제부주 경주이과만중산(兩岸猿聲啼不住 輕舟已過萬重山)

참고문헌

중국 문헌

『唐詩三百首』, 編文 海諺, 程秉熙, 上海人民美術出版社, 2009.

『中國文化常識』, 外語敎學與研究出版社, 2006.

『中國歷史常識』, 外語敎學與研究出版社, 2007.

한국 문헌

김용제, 『이태백 방랑기』, 명문당, 2007.

김학주, 『당시선』, 명문당, 2003.

손종섭, 『노래로 읽는 당시』, 김영사, 2014.

　　　『이두시신평』, 김영사, 2012.

구섭우, 『한역 당시삼백수』, 안병렬, 계명대학교출판부, 2005.

이백, 『이백시선』, 이원섭, 현암사, 2012.

이상국, 『옛詩 속에 숨은 인문학』, 슬로래빗, 2015.

이영주 외, 『이태백 시집』, 학고방, 2015.

네이버 지식백과 『한시 작가 · 작품 사전』, 『고풍 악부 가음』, 『낯선 문학 가깝게 보기: 중국문학』, 『두산백과』.

사진 제공

양승진 국장님, 유지현 기자님

사천성여유발전위원회

부록

이백 시 33수 한어 병음 쉽게 외우기

이백 시의 원문과 번역을 통해 당시의 세계에 빠지신 분들, 혹은 중국문학에 첫발을 내디딜 학생들은 〈이백 시 33수 한어 병음 쉽게 배우기〉를 참고하여 도움을 얻기 바란다.

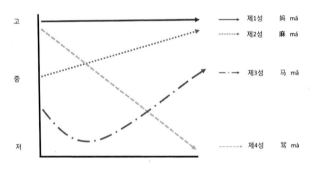

* 경성 : 가볍고 짧게 발음하며, 성조 부호를 표시하지 않는다.

성조의 변화

1) 3성의 변화

①3성은 1, 2, 4, 경성 앞에서는 반3성으로 읽는다.

∨ +─, /, \ , 경성 → ↘ +─, /, \ , 경성

예) 3성+1성 běijīng 北京 북경

3성+2성 měiguó 美国 미국

3성+4성 kěpà 可怕 두렵다

3성+경성 xǐhuan 喜欢 좋아하다

②3성 두 개가 연이어 쓰일 때에는 앞의 3성을 2성으로 읽는다.

∨ + ∨ → / + ∨

예) 3성+3성 hěnhǎo 很好 매우 좋다

2) ─(Yī)의 변화

①─의 성조는 1성인데, 만약 뒤에 4성이 오면 2성으로 읽는다.

一 + \ → / + \

예) yīdìng → yídìng 一定 반드시

②만약 뒤에 1, 2, 3성이 오면 4성으로 읽는다.

一 + 一, /, ∨ → \ + 一, /, ∨

예) yìjiā → yìjiā 一家 한 집

yīxíng → yìxíng 一行 일행

yīkǒu → yìkǒu 一口 한 사람

3) 不 Bù 의 변화

不의 원래 성조는 4성인데, 만약 不 뒤에 4성이 오면 2성으로 읽는다.

\ + \ → / + \

예) bùshì → búshì 不是 ~아니다

1。 将进酒

jiāng jìn jiǔ

君不见! 黄河之水天上来, 奔流到海不复回。

jūn bú jiàn! huáng hé zhī shuǐ tiān shàng lái,

bēn liú dào hǎi bú fù huí。

君不见! 高堂明镜悲白发, 朝如青丝暮成雪。

jūn bú jiàn! gāo táng míng jìng bēi bái fà, zháo

rú qīng sī mù chéng xuě。

人生得意须尽欢, 莫使金樽空对月。

rén shēng dé yì xū jìn huān, mò shǐ jīn zūn kōng

duì yuè。

天生我才必有用, 千金散尽还复来。

tiān shēng wǒ cái bì yǒu yòng, qiān jīn sàn jìn

huán fù lái。

烹羊宰牛且为乐, 会须一饮三百杯。

pēng yáng zǎi niú qiě wéi lè, huì xū yì yǐn sān

bǎi bēi。

岑夫子, 丹丘生, 将进酒 杯莫停。

cén fūzǐ, dān qiū shēng, jiāng jìn jiǔ bēi mò
tíng。

与君歌一曲, 请君为我倾耳听。

yǔ jūn gē yì qū, qǐng jūn wèi wǒ qīng ěr tīng。

钟鼓馔玉不足贵, 但愿长醉不复醒。

zhōng gǔ zhuàn yù bù zú guì, dàn yuàn cháng zuì
bú fù xǐng。

古来圣贤皆寂寞, 唯有饮者留其名。

gǔ lái shèng xián jiē jì mò, wéi yǒu yǐn zhě liú qí
míng。

陈王昔时宴平乐, 斗酒十千恣欢谑。

chén wáng xī shí yàn píng lè, dǒu jiǔ shí qiān zì
huān xuè。

主人何为言少钱, 径须沽取对君酌。

zhǔ rén hé wéi yán shǎo qián, jìng xū gū qǔ duì
jūn zhuó。

五花马, 千金裘, 呼儿将出换美酒。 与儿同销
万古愁。

wǔ huā mǎ, qiān jīn qiú, hū ér jiāng chū huàn měi
jiǔ。 yǔ ér tóng xiāo wàn gǔ chóu。

2。 月下独酌 第一首
yuè xià dú zhuó dì yì shǒu

花间一壶酒，独酌无相亲。
huā jiān yì hú jiǔ, dú zhuó wú xiāng qīn。

举杯邀明月，对影成三人。
jǔ bēi yāo míng yuè, duì yǐng chéng sān rén。

月既不解饮，影徒随我身。
yuè jì bù jiě yǐn, yǐng tú suí wǒ shēn。

暂伴月将影，行乐须及春。
zàn bàn yuè jiāng yǐng, xínglè xū jí chūn。

我歌月徘徊，我舞影凌乱。
wǒ gē yuè páihuái, wǒ wǔ yǐng língluàn。

醒时同交欢，醉后各分散。
xǐng shí tóng jiāo huān, zuì hòu gè fēn sàn。

永结无情游，相期邈云汉。
yǒng jié wú qíng yóu, xiāng qī miǎo yún hàn

3. 月下独酌 第二首
yuè xià dú zhuó dì èr shǒu

天若不爱酒, 酒星不在天。
tiān ruò bú ài jiǔ, jiǔ xīng bú zài tiān。

地若不爱酒, 地应无酒泉。
dì ruò bú ài jiǔ, dì yìng wú jiǔ quán。

天地即爱酒, 爱酒不愧天。
tiān dì jí ài jiǔ, ài jiǔ bú kuì tiān。

已闻清比圣, 復道浊爲贤。
yǐ wén qīng bǐ shèng, fù dào zhuó wéi xián。

贤圣即已饮, 何必求神仙?
xián shèng jí yǐ yǐn, hé bì qiú shén xiān?

三杯通大道, 一斗合自然。
sān bēi tōng dàdào, yì dǒu hé zì rán。

但得酒中趣, 勿爲醒者传。
dàn dé jiǔ zhōng qù, wù wéi xǐng zhě chuán。

4。月下独酌 第三首
yuè xià dú zhuó dì sān shǒu

三月咸阳城，千花昼如锦。
sān yuè xián yáng chéng, qiān huā zhòu rú jǐn。

谁能春独愁，对此径须饮。
shuí néng chūn dú chóu, duì cǐ jìng xū yǐn。

穷通与修短，造化夙所禀。
qióng tōng yǔ xiū duǎn, zào huà sù suǒ bǐng。

一樽齐死生，万事固难审。
yì zūn qí sǐ shēng, wàn shì gù nán shěn。

醉后失天地，兀然就孤枕。
zuì hòu shī tiān dì, wū rán jiù gū zhěn。

不知有吾身，此乐最为甚。
bù zhī yǒu wú shēn, cǐ lè zuì wéi shèn。

5。 山中与幽人对酌

shān zhōng yǔ yōu rén duì zhuó

两人对酌山花开, 一杯一杯复一杯。

liǎng rén duì zhuó shān huā kāi, yì bēi yì bēi fù yì bēi。

我醉欲眠卿且去, 明朝有意抱琴来。

wǒ zuì yù mián qīng qiě qù, míng zhāo yǒu yì bào qín lái。

6。 静夜思
jìng yè sī

床前明月光，疑是地上霜。
chuáng qián míng yuè guāng, yí shì dì shàng
shuāng。

举头望明月，低头思故乡。
jǔ tóu wàng míng yuè, dī tóu sī gù xiāng。

7。 春夜洛城闻笛
chūn yè luò chéng wén dí

谁家玉笛暗飞声，散入春风满洛城。
shuí jiā yù dí àn fēi shēng, sàn rù chūn fēng mǎn
luò chéng。

此夜曲中闻折柳，何人不起故园情。
cǐ yèqǔ zhōng wén zhé liǔ, hé rén bù qǐ gù yuán
qíng。

8。 客中作

kè zhōng zuò

兰陵美酒郁金香, 玉碗盛来琥珀光。

lán líng měi jiǔ yù jīn xiāng, yù wǎn chéng lái hǔ

pò guāng。

但使主人能醉客, 不知何处是他乡。

dàn shǐ zhǔ rén néng zuì kè, bù zhī hé chù shì tā

xiāng。

9。春思

chūn sī

燕草如碧丝，秦桑低绿枝。

yān cǎo rú bì sī, qín sāng dī lù zhī。

当君怀归日，是妾断肠时。

dāng jūn huái guī rì, shì qiè duàn cháng shí。

春风不相识，何事入罗帏。

chūn fēng bù xiāng shí, hé shì rù luó wéi。

10。 怨情

yuàn qíng

美人捲珠帘, 深坐嚬蛾眉。

měi rén juǎn zhū lián, shēn zuò pín é méi。

但见泪痕湿, 不知心恨难。

dàn jiàn lèi hén shī, bùzhī xīn hèn nán。

11。黄鹤楼送孟浩然之广陵

huáng hè lóu sòng mèng hào rán zhī guǎng líng

故人西辞黄鹤楼, 烟花三月下扬州。

gù rén xī cí huáng hè lóu, yān huā sān yuè xià

yáng zhōu。

孤帆远影碧空尽, 惟见长江天际流。

gū fān yuǎn yǐng bì kōng jìn, wéi jiàn cháng jiāng

tiān jì liú。

12。 金陵酒肆留别

jīn líng jiǔ sì liú bié

风吹柳花满店香, 吴姬压酒劝客尝。

fēng chuī liǔ huā mǎn diàn xiāng, wú jī yā jiǔ

quàn kè cháng。

金陵子弟来相送, 欲行不行各尽觞。

jīn líng zǐdì lái xiāng sòng, yù xíng bù xíng gè jìn

shāng。

请君试问东流水, 别意与之谁短长。

qǐng jūn shì wèn dōng liú shuǐ, bié yì yǔ zhī shuí

duǎn cháng。

13。送友人

sòng yǒu rén

青山横北郭, 白水绕东城。

qīng shān héng běi guō, bái shuǐ rào dōng
chéng。

此地一为别, 孤蓬万里征。

cǐ dì yì wéi bié, gū péng wàn lǐ zhēng。

浮云游子意, 落日故人情。

fú yún yóu zi yì, luò rì gù rén qíng。

挥手自兹去, 萧萧班马鸣。

huī shǒu zì zī qù, xiāo xiāo bān mǎ míng。

14。 赠汪伦

zèng wāng lún

李白乘舟将欲行, 忽闻岸上踏歌声。

li bái chéng zhōu jiāng yù xíng, hū wén àn shàng

tà gē shēng。

桃花潭水深千尺, 不及汪伦送我情。

táo huā tán shuǐ shēn qiān chǐ, bùjí wāng lún

sòng wǒ qíng。

15。 登金陵凤凰台
dēng jīn líng fèng huáng tái

凤凰台上凤凰游, 凤去台空江自流。
fèng huáng tái shàng fèng huáng yóu, fèng qù tái
kōng jiāng zì liú。

吴宫花草埋幽径, 晋代衣冠成古丘。
wú gōng huā cǎo mái yōu jìng, jìn dài yī guān
chéng gǔ qiū。

三山半落青天外, 二水中分白鹭洲。
sān shān bàn luò qīng tiān wài, èr shuǐ zhōng fēn
bái lù zhōu。

总为浮云能蔽日, 长安不见使人愁。
zǒng wèi fú yún néng bì rì, cháng ān bú jiàn shǐ
rén chóu。

16。 古朗月行

gǔ lǎng yuè xíng

小时不识月, 呼作白玉盘。

xiǎo shí bù shí yuè, hū zuò bái yù pán。

又疑瑶台镜, 飞在白云端。

yòu yí yáo tái jìng, fēi zài bái yún duān。

仙人垂两足, 桂树何团团!

xiān rén chuí liǎng zú, guì shù hé tuán tuán!

白兔捣药成, 问言与谁餐。

bái tù dǎo yào chéng, wèn yán yǔ shuí cān。

蟾蜍蚀圆影, 大明夜已残。

chán chú shí yuán yǐng, dà míng yè yǐ cán。

羿昔落九乌, 天人清且安。

yì xī luò jiǔ wū, tiān rén qīng qiě ān。

阴精此沦惑, 去去不足观。

yīn jīng cǐ lún huò, qù qù bù zú guān。

忧来其如何? 凄怆摧心肝。

yōu lái qí rú hé? qī chuàng cuī xīn gān。

17。 清平调 第一首
qīng píng diào dì yì shǒu

云想衣裳花想容, 春风拂槛露华浓。
yún xiǎng yī shang huā xiǎng róng, chūn fēng fú
kǎn lù huá nóng。

若非群玉山头见, 会向瑶台月下逢。
ruò fēi qún yù shān tóu jiàn, huì xiàng yáo tái yuè
xià féng。

18。 清平调 第二首

qīng píng diào dì èr shǒu

一枝浓艳露凝香, 云雨巫山枉断肠。

yì zhī nóng yàn lù níng xiāng, yún yǔ wū shān
wǎng duàn cháng。

借问汉宫谁得似? 可怜飞燕倚新妆。

jiè wèn hàn gōng shuí de sì? kě lián fēi yàn yǐ xīn
zhuāng。

19。 清平调 第三首

qīng píng diào dì sān shǒu

名花倾国两相欢，长得君王带笑看。

míng huā qīng guó liǎng xiāng huān, zhǎng de
jūn wáng dài xiào kàn。

解释春风无限恨，沈香亭北倚栏杆。

Jiě shì chūn fēng wú xiàn hèn, chén xiāng tíng běi
yǐ lán gān。

20。 行路难 第一首
xíng lù nán dì yì shǒu

金樽清酒斗十千, 玉盘珍羞值万钱。
jīn zūn qīng jiǔ dǒu shí qiān, yù pán zhēn xiū zhí
wàn qián。

停杯投箸不能食, 拔剑四顾心茫然。
tíng bēi tóu zhù bù néng shí, bá jiàn sì gù xīn
máng rán。

欲渡黄河冰塞川, 将登太行雪暗天。
yù dù huáng hé bīng sāi chuān, jiāng dēng tài
xíng xuě àn tiān。

闲来垂钓碧溪上, 忽复乘舟梦日边。
xián lái chuí diào bì xī shàng, hū fù chéng zhōu
mèng rì biān。

行路难, 行路难, 多歧路, 今安在?
xíng lù nán, xínglù nán, duō qí lù, jīn ān zài?

长风破浪会有时, 直挂云帆济沧海。
cháng fēng pò làng huì yǒu shí, zhí guà yún fān jì
cāng hǎi。

21. 行路难 第三首

xíng lù nán dì sān shǒu

有耳莫洗颍川水, 有口莫食首阳蕨。

yǒu ěr mò xǐ yǐng chuān shuǐ, yǒu kǒu mò shí

shǒu yáng jué。

含光混世贵无名, 何用孤高比云月?

hán guāng hùn shì guì wú míng, hé yòng gū gāo bǐ

yún yuè?

吾观自古贤达人, 功成不退皆陨身。

wú guān zì gǔ xián dá rén, gōng chéng bú tuì jiē

yǔn shēn。

子胥即弃吴江上, 屈原终投湘江滨。

zǐ xù jí qì wú jiāng shàng, qū yuán zhōng tóu

xiāng jiāng bīn。

陆机虽才岂自保, 李斯税驾苦不早。

lù jī suī cái qǐ zì bǎo, lǐ sī shuì jià kǔ bù zǎo。

华亭鹤唳讵可闻, 上蔡苍鹰何足道。

huá tíng hè lì jù kě wén, shàng cài cāng yīng hé zú
dào。

君不见?
Jūn bú jiàn?

吴中张翰称达生, 秋风忽忆江东行。
wú zhōng zhāng hàn chēng dá shēng, qiū fēng hū
yì jiāng dōng xíng。

且樂生前一杯酒, 何须身后千载名?
qiě lè shēng qián yì bēi jiǔ, hé xū shēn hòu qiān
zǎi míng?

22. 关山月

guān shān yuè

明月出天山, 苍茫云海间。

míng yuè chū tiān shān, cāng máng yún hǎi jiān。

长风几万里, 吹度玉门关。

cháng fēng jǐ wàn lǐ, chuī dù yù mén guān。

汉下白登道, 胡窥青海湾。

hàn xià bái dēng dào, hú kuī qīng hǎi wān。

由来征战地, 不见有人还。

yóu lái zhēng zhàn dì, bú jiàn yǒu rén huán。

戍客望边色, 思归多苦颜。

shù kè wàng biān sè, sī guī duō kǔ yán。

高楼当此夜, 叹息未应闲。

gāo lóu dāng cǐ yè, tàn xī wèi yīng xián。

23。 秋浦歌 第十四首

qiū pǔ gē dì shí sì shǒu

炉火照天地, 红星乱紫烟。

lú huǒ zhào tiān dì, hóng xīng luàn zǐ yān。

赧郎明月夜, 歌曲动寒川。

nǎn láng míng yuè yè, gē qǔ dòng hán chuān。

24。秋浦歌 第十五首

qiū pǔ gē dì shí wǔ shǒu

白发三千丈, 缘愁似个长。

bái fà sān qiān zhàng, yuán chóu sì gè cháng。

不知明镜里, 何处得秋霜。

bù zhī míng jìng li, hé chù dé qiū shuāng。

25。 宣州谢朓楼饯别校书叔云

xuān zhōu xiè tiào lóu jiàn bié xiào shū shū yún

抽刀断水水更流, 举杯消愁愁更愁。

chōu dāo duàn shuǐ shuǐ gèng liú, jǔ bēi xiāo chóu
chóu gèng chóu。

人生在世不称意, 明朝散发弄扁舟。

rén shēng zài shì bù chēng yì, míng zhāo sàn fà
nòng piān zhōu。

26。 山中问答
shān zhōng wèn dá

问余何意栖碧山, 笑而不答心自闲。
wèn yú hé yì qī bì shān, xiào ér bù dá xīn zì xián。

桃花流水杳然去, 别有天地非人间。
táo huā liú shuǐ yǎo rán qù, bié yǒu tiān dì fēi rén jiān。

27。 夜宿山寺

yè sù shān sì

危楼高百尺, 手可摘星辰。

wēi lóu gāo bǎi chǐ, shǒu kě zhāi xīng chén。

不敢高声语, 恐惊天上人。

bù gǎn gāo shēng yǔ, kǒng jīng tiān shàng rén。

28。 独坐敬亭山
dú zuò jìng tíng shān

众鸟高飞尽, 孤云独去闲。
zhòng niǎo gāo fēi jìn, gū yún dú qù xián。

相看两不厌, 只有敬亭山。
xiāng kàn liǎng bú yàn, zhǐ yǒu jìng tíng shān。

29。 越女词

yuè nǚ cí

耶溪采莲女, 见客棹歌回。

yē xī cǎi lián nǚ, jiàn kè zhào gē huí。

笑入荷花去, 佯羞不出来。

xiào rù hé huā qù, yáng xiū bù chū lái。

30。 早发白帝城
zǎo fā bái dì chéng

朝辞白帝彩云间, 江陵千里一日还。
zhāo cí bái dì cǎi yún jiān, jiāng líng qiān lǐ yí rì
huán。

两岸猿声啼不住, 轻舟已过万重山。
liǎng àn yuán shēng tí bú zhù, qīng zhōu yǐ guò
wàn chóng shān。

31。 望天门山
wàng tiān mén shān

天门中断楚江开, 碧水东流至此回。
tiān mén zhōng duàn chǔ jiāng kāi, bì shuǐ dōng
liú zhì cǐ huí。

两岸青山相对出, 孤帆一片日边来。
liǎng àn qīng shān xiāng duì chū, gū fān yí piàn rì
biān lái。

32。 望庐山瀑布

wàng lú shān pù bù

日照香炉生紫烟, 遥看瀑布挂前川。

rì zhào xiāng lú shēng zǐ yān, yáo kàn pù bù guà

qián chuān。

飞流直下三千尺, 疑是银河落九天。

fēi liú zhí xià sān qiān chǐ, yí shì yín hé luò jiǔ tiān

33。 峨眉山月歌
é méi shān yuè gē

峨眉山月半轮秋, 影入平羌江水流。
é méi shān yuè bàn lún qiū, yǐng rù píng qiāng
jiāng shuǐ liú。

夜发清溪向三峡, 思君不见下渝州。
yè fā qīng xī xiàng sān xiá, sī jūn bú jiàn xià yú
zhōu。